ДАМА С СОБАЧКОЙ

푸 른 숲
징 검 다 리
클 래 식
0 4 1

개를 데리고 다니는 여인

ДАМА С СОБАЧКОЙ

안톤 체호프 지음

박형규 옮김

푸른숲주니어

'푸른숲 징검다리 클래식'을 펴내며

어린 시절, 할머니께서 조근조근 들려주시던 옛날이야기는 새로운 세상과 통하는 작은 창이었다. 상상의 날개를 달고 떠나는 창 너머 세상으로의 여행은 들어도 들어도 질리지 않는 재미와 마음속 깊은 곳을 울리는 감동을 선사해 주곤 했다. 그뿐 아니라 우리의 삶을 어떻게 꾸려 가야 하는지 곰곰이 생각해 보게 하는 지혜를 가르쳐 주었다. 말하자면 우리는 그 이야기들을 통해 '삶'을 배운 셈이다.

우리가 문학 작품을 읽어야 하는 까닭 또한 '삶을 배운다'는 점에서 크게 다르지 않다. 우리는 한 편 한 편의 문학 작품을 만나 사랑을 배우고, 우정을 배우고, 진실을 배우고, 지혜를 배운다.

그런 점에서 '푸른숲 징검다리 클래식'은 참 의미가 깊다. 오랜 세월을 거치며 각 나라의 문학사에 확고히 자리매김한 작품들을 한데 모았기 때문이다. 문학을 사랑하는 사람들이 즐겨 읽어 세계적인 명저로 일컬어지는 작품들……. 이를테면 우리 부모 세대, 아니 그 이전 세대부터 즐겨 읽었던 작품들로 많은 이들에게 삶의 의미와 가치를 일러주고, 또 '인생'이란 망망대해에서 등대 역할을 담당했던 것들이다.

세월이 흘러 사람들이 사는 모습도 달라지고 생각도 달라졌다. 그러나 시대와 장소를 뛰어넘어 변하지 않는 것이 있다. 바로 '삶'이다. 사람이 있는 곳이라면 어디든지 존재하는 삶은 항상 저마다의 무게를 떠안고 있다. 그 무게는 진실이라는 옷을 입고 문학 작품 속에 영원한 생명을 불어넣는다. 우리는 그것을 '고전'이라 부른다.

그러나 제아무리 훌륭한 고전이라 해도 독자가 읽고 소화할 수 없다면 아무런 소용이 없다. 지나치게 방대한 분량과 길고 어려운 문장은 책을 읽으려는 청소년들의 의지를 꺾을 뿐 아니라 좌절감마저 불러일으킨다.

'푸른숲 징검다리 클래식'은 바로 그러한 점을 염두에 두고 기획된 세계 명작 시리즈이다. 작품이 본디 지닌 맛과 재미를 고스란히 살리면서 우리 청소년들이 읽고 소화하기 쉽게 글을 다듬었다.

그리고 본문 뒤에는 현직 국어 교사들이 직접 쓴 해설을 붙였다. 작가나 작품에 대한 풍부한 설명은 물론, 그 작품들이 지니고 있는 현재적 의미까지 상세하게 짚어 보이고 있다. 아울러 해설 곳곳에 관련 정보를 담은 팁과 시각 자료를 배치해, 읽는 재미를 넘어 보는 재미까지 만끽할 수 있도록 했다.

아무쪼록 '푸른숲 징검다리 클래식'을 통해 우리 청소년들의 삶이 더욱더 깊고 풍성해지기를…….

2006년 4월
기획위원 강혜원·전종옥·송수진

| 차례 |

기획위원의 말   004

제 1 편 카멜레온 ····················· 009

제 2 편 우수 ····························· 017

제 3 편 사랑에 대하여 ············· 029

제 4 편 사랑스러운 여인 ··········· 047

제 5 편 개를 데리고 다니는 여인 ········· 074

제 6 편 다락방이 있는 집 ··········· 109

제 7 편 약혼녀 ····························· 147

《개를 데리고 다니는 여인》제대로 읽기 185

제 1 편
카멜레온

새 외투를 차려입은 오추멜로프 경감은 손에 작은 꾸러미를 든 채 시내에 있는 광장을 가로질러 가고 있었다. 압수한 구즈베리가 수북이 담긴 체를 든 붉은 머리 순경이 그 뒤를 따라갔다. 주위는 쥐 죽은 듯 조용했다. 광장에는 사람의 그림자 하나 없었다. 가게와 여관의 창문들은 죄다 열려 있었는데, 마치 배고픈 입처럼 풀 죽은 모습으로 세상을 망연히 바라다보고 있었다. 주위에는 거지조차 얼씬거리지 않았다.

"이놈이 사람을 물어? 빌어먹을!"

갑자기 오추멜로프 경감의 귀에 이런 소리가 들려왔다.

"이봐, 저 개 좀 잡아! 요즘 세상에 사람을 물다니, 절대로 용서할 수 없어! 잡아라! 아······, 아!"

곧이어 개의 날카로운 외마디 소리가 들려왔다. 오추멜로프 경감이 그쪽을 보니, 상인 피추긴의 장작 창고에서 개 한 마리가 깨갱거리며 세 발로 뛰어나오고 있었다.

풀 먹인 무명 셔츠에 조끼의 단추를 죄다 풀어 헤친 사나이가 그 뒤를 황급히 쫓았다. 그는 개를 향해 달려들더니, 앞으로 넘어지면서 개의 뒷다리를 움켜잡았다. 뒤이어 개의 두 번째 외마디 소리가 들려왔다.

"놓치지 마라!"

한껏 지루한 표정의 사람들이 가게에서 쏟아져 나오기 시작했다. 그들은 한 번에 다 같이 땅에서 솟기라도 한 듯이 순식간에 장작 창고 주위로 모여들었다.

"무슨 사고가 생겼나 봅니다, 경감님!"

순경이 말했다.

오추멜로프 경감은 왼쪽으로 몸을 돌려 사람들이 모여 있는 곳으로 걸어갔다. 조금 전에 개를 쫓던 사나이가 창고 문 바로 옆에서 오른쪽 손을 위로 쳐든 채 피가 흐르는 손가락을 사람들에게 보여 주고 있었다. 반쯤 취한 것 같은 그의 얼굴에는 '이제 너를 물어뜯어 주마, 이 악당아!'라고 씌어 있는 것 같았다. 그의 손가락은 마치 승리의 표시처럼 보였다.

오추멜로프 경감은 그가 철공소를 운영하는 흐류킨이라는 사

실을 알아챘다. 이 사건의 주범이 앞발을 벌리고 온몸을 덜덜
떨면서 군중들 한가운데 앉아 있었다. 주둥이가 뾰족하고 등에
노란 점이 박힌 하얀색 보르조이였다. 개의 젖은 두 눈에는 고
뇌와 공포가 가득 담겨 있었다.

"무슨 일이 일어난 거야?"

오추멜로프 경감이 군중 속으로 비집고 들어가며 물었다.

"왜 그래? 당신 손가락은 대체 왜 그런 거고? 방금 누가 비명
을 지른 거지?"

"저는 아무도 건드리지 않고 조용히 걸어가고 있었습니다, 나
리!"

흐류킨은 손으로 입을 가린 채 두어 번 기침을 하고는 다시 말
을 이었다.

"미트리이 미트리치와 장작에 대해 얘기를 나누고 있었는데,
느닷없이 요 비열한 놈이 뛰어나와서 제 손가락을 꽉 물지 않겠
습니까? 정말 죄송합니다……. 저는 한낱 날품팔이지만……,
제가 하는 일은 매우 섬세한 작업입니다. 제발 손해 배상을 받
을 수 있게 해 주십시오. 이런 손으로는 일주일 정도 일을 할 수
없을 거예요. 나리, 이런 일을 당하고도 참으라는 법은 없겠지
요? 세상의 모든 개들이 사람을 물어도 된다면, 이런 세상에서
는 차라리 사람이 살지 않는 게 나을 겁니다."

"흠! 맞는 말이야."

오추멜로프 경감은 미간을 찌푸리더니 목소리를 가다듬고는 근엄하게 말했다.

"맞는 말이야……. 이 개의 주인이 누구지? 이번 일을 그냥 넘기지 않겠어! 개를 풀어놓으면 어떻게 되는지 본때를 보여 주겠소! 안 그래도 법령을 마음대로 짓밟는 자들의 생각을 뜯어고칠 참이었는데……. 그런 족속들에게 벌금을 물리면 집에서 기르는 개를 떠돌이 개와 어떻게 다르게 길러야 하는지 알게 되겠지! 단단히 혼을 내주겠어! 엘드린!"

오추멜로프 경감은 순경 쪽을 돌아보았다.

"이 개의 주인이 누군지 알아본 뒤 조서를 받게! 그리고 이 개를 당장 처리해 버리도록! 아마 광견병에 걸린 걸 거야. 도대체 뉘 집 개야?"

"지갈로프 장군님 댁 개인 것 같은데요!"

군중 속의 누군가가 말했다.

"지갈로프 장군님? 으흠! 엘드린, 이 외투를 벗겨 다오. 너무 더운걸! 비가 올 것 같은데……. 한 가지 이해할 수 없는 부분이 있군. 이 개가 어떻게 자네 손가락을 물었다는 거지?"

오추멜로프 경감은 흐류킨에게로 다급히 돌아서며 물었다.

"이 개가 어떻게 자네 손가락까지 닿을 수가 있나? 이 개는 이렇게 조그맣고, 자네는 건장한 장정인데! 자네 손톱으로 할퀴어 놓고선 개가 물었다고 하는 게 틀림없어. 자넨 그런 면으로 유명한 작자니까! 자네가 악당이라는 것쯤은 이미 잘 알고 있단 말이야!"

"나리, 저 사람이 지난번에 장난을 친답시고 개의 코에다 담배를 넣었습죠. 그러니 저 개가 바보가 아닌 다음에야 저리 달려들 수밖에요. 정말 터무니없는 인간이에요, 나리!"

흐류킨은 억울한 표정을 지으며 소리쳤다.

"거짓말! 당신은 거짓말을 하고 있어요! 보지도 않은 일을 들먹이며 왜 거짓말을 하는 거요? 나리께서는 현명하시니까 누가 거짓말을 하고 있는지, 누가 하느님 앞에서 진실을 말하는지 아실 겁니다. 만일 제가 거짓말을 하는 거라면 치안 판사한테 당장 조사해 보라고 하십시오. 법률서에도 이렇게 씌어 있잖아요. '오늘날 모든 사람은 동등한 존재'라고. 제 동생이 헌병대에 있어요. 만일 확인하고 싶으시다면……."

"시끄럽다!"

"아니에요, 이건 장군님 댁 개가 아닙니다……."

순경이 잠깐 생각에 잠기더니 돌연 말을 바꾸었다.

"장군님 댁에는 저렇게 작은 개가 없습니다. 저것보다 훨씬 큰 사냥개만 키우십니다."

"확실한 거야?"

"확실합니다, 경감님."

"사실은 나도 알고 있었어. 장군님은 값비싼 순종 개들만 키우고 계시지. 그런데 이건 잡종 개가 아니더냐? 털로 보나 외관으로 보나, 한낱 똥개에 지나지 않아…… . 장군님께서 저런 개를 기르신다고 하다니! 대체 자네 머리를 어디에다 써먹겠나? 페테르부르크나 모스크바에서 저따위 개가 눈에 띄면 어떤 일이 일어나는지 알아? 법 같은 것도 필요 없이 당장 죽여 버린다고! 흐류킨, 자네가 손해를 입었으니 이 일을 그냥 넘어갈 수 없네. 버릇을 제대로 고쳐 놔야 해. 지금이 바로 그때야."

"그런데 어찌 보면 장군님 댁 개 같기도 합니다. 얼굴에 씌어 있는 건 아니지만, 얼마 전에 장군님 댁 뜰에서 저 개를 본 듯합니다."

순경이 기어 들어가는 목소리로 중얼거렸다.

"확실히 장군님 댁 개입니다!"

군중 속에서 어떤 목소리가 덩달아 외쳤다.

"으흠! 엘드린, 외투를 도로 입혀 다오. 바람이 불어서 그런지 으슬으슬 춥군. 이 개를 장군님 댁으로 데리고 가서 여쭈어 보도록 해. 내가 찾아서 보냈다고 꼭 전하고. 그리고 개를 거리에 풀어놓지 마시라고도 말씀드려. 이 개는 값비싼 녀석일지도 몰라. 돼지도 코에 담배를 쑤셔 넣으면 오랫동안 괴로워하는 법이지. 개는 아주 예민한 동물이야. 멍청한 녀석, 당장 손가락 내려! 그 꼴 보기 싫은 손가락을 왜 쳐들고 있는 거야? 스스로 잘 못해서 다친 거면서!"

"장군님 댁의 요리사가 저기 오고 있습니다. 저 사람에게 물어보겠습니다. 어이, 프로호르! 이리 좀 와 봐! 이 개를 좀 봐. 장군님 댁 개가 맞는가?"

"무슨 소리! 우리 집엔 그런 개가 없어!"

"그렇다면 여기서 더 지체할 것 없다. 이건 떠돌이 개가 분명해! 더 말할 것도 없어. 내가 떠돌이 개라고 하면 떠돌이 개인거야. 죽이면 깨끗이 끝나는 거지."

"우리 개는 아닙죠. 하지만……."

프로호르가 조심스럽게 말을 이었다.

"얼마 전에 방문하신 장군님 동생분의 개입니다요. 장군님께서는 보르조이를 좋아하시지 않지만 동생분은 아주 좋아하시거든요."

"그럼 장군님의 동생분이 이곳에 오셨단 말인가? 블라디미르 이바니치께서?"

오추멜로프 경감이 물었다. 그의 얼굴에 곧 감동의 미소가 넘쳐흘렀다.

"저런! 전혀 몰랐네! 잠시 머물다 떠나실 예정이신가?"

"네, 손님으로……."

"그래……, 오랜만에 형제분이 재회하셨겠군. 이렇게 중대한 일을 내가 모르고 있었다니! 이 개가 그분의 개란 말이지? 참 반가운 일이군. 이 개를 어서 데려가게. 개에게는 아무 일도 없었

네. 아주 멋진 개야! 장난꾸러기 녀석! 하하하. 저런, 왜 떨고 있
는 거니?"

"그르르…… 그르르……."

"화가 났군. 귀여운 것!"

프로호르는 당장 개를 부르고는 함께 장작 창고를 나섰다. 사
람들은 너나없이 흐류킨을 비웃었다.

"이놈, 두고 보자. 혼꾸멍을 내줄 테니!"

오추멜로프 경감은 그를 위협한 뒤 외투를 여미고 나서 시장
의 광장으로 성큼성큼 걸음을 옮겼다.

제 2 편
우 수

　어스름한 저녁이었다. 커다랗고 촉촉한 눈송이가 이제 막 불이 켜진 가로등 주위를 천천히 둘러싸는가 싶더니, 집집의 지붕과 말 잔등, 그리고 마부 이오나 포타포르의 어깨와 모자 위에 부드럽게 내려앉았다.

　시간이 얼마나 지났을까? 이오나의 온몸은 유령처럼 온통 새하얗게 바뀌었다. 그는 마부석에 몸을 최대한으로 구부리고 앉은 채 꼼짝도 하지 않았다. 커다란 눈송이가 제아무리 떨어져 내려도 털어 낼 생각을 눈곱만치도 하지 않은 채…….

　그의 말 역시 눈을 잔뜩 덮어써 새하얘진 몸뚱이를 조금도 움직이지 않았다. 미동 없이 딱딱하게 굳은 자세와 막대기처럼 쭉

곧은 다리는 1코페이카짜리 생강빵으로 만든 말과 흡사해 보였다. 말은 마치 생각에라도 잠긴 듯했다. 쟁기를 벗고 친숙한 회색빛 풍경에서 떨어져 나와 기괴한 불빛과 끊임없는 소음, 바삐 움직이는 인간들로 가득 찬 미로에 굴러떨어져 있으니, 말이라고 한들 어찌 생각에 잠기지 않을 수 있을까?

이오나와 그의 말은 꽤 오래전부터 그 자리에서 꼼짝하지 않았다. 점심시간 전에 마구간을 나왔지만, 아직까지 단 한 명의 손님도 잡지 못했다. 그래서 여태 둘 다 아무것도 못 먹었다.

거리에는 저녁 안개가 깔리기 시작했다. 가로등의 희미한 불빛이 활기를 띠면서 거리는 점점 더 혼잡해져 갔다.

그때 누군가의 목소리가 들렸다.

"마부, 비보르그스카야 거리로 갑시다!"

이오나는 한동안 가만히 듣고만 있었다.

"마부!"

그제야 이오나는 몸을 움찔하더니, 눈으로 덮인 속눈썹 너머로 모자가 달린 외투를 입은 장교를 물끄러미 보았다.

"비보르그스카야 거리로 갑시다!"

장교는 되풀이하여 말했다.

"자고 있었소? 비보르그스카야 거리로 가자니까!"

이오나는 응낙의 표시로 말의 고삐를 당겼다. 그러자 말 잔등과 그의 어깨에 쌓였던 눈이 공중으로 흩날렸다. 장교는 좌석에 앉았다. 마부는 입맛을 다시더니 학처럼 목을 길게 빼고 일어나 습관적으로 채찍을 휘둘렀다. 말도 목을 쓱 빼고는 막대기 같은 다리를 굽히며 느릿느릿 움직였다.

"대체 어디로 달리는 거야, 빌어먹을!"

순간 이오나는 주위를 둘러싼 거대한 어둠 속에서 선명하게 울려 퍼지는 고함 소리를 들었다.

"이 악마가 어디로 가는 거야? 똑바로 다니라고!"

장교도 덩달아 화를 냈다.

"마차를 영 몰 줄 모르는군! 똑바로 가야지!"

그때 마차에 탄 마부도 지나가다가 욕설을 퍼부었다. 그러고 나서 얼마 지나지 않아, 길을 건너던 행인이 말의 코에 어깨를 스치듯 아슬아슬하게 지나갔다. 그는 소매의 눈을 툭툭 털며 심술궂은 눈길을 보냈다.

이오나는 바늘방석에 앉은 듯이 안절부절못했다. 자기가 어디로 가는지, 아니 왜 여기에 있는지 알지 못하는 것처럼 두 팔꿈치를 사방으로 휘저으면서 미친 사람같이 주변을 두리번거렸다.

장교가 비아냥거렸다.

"비열한 놈들! 당신과 부딪치거나 말발굽에 짓밟히고 싶어서 일부러 저 야단들인 거요. 저 사람들은 다 서로 짜고 치는 게 분명해."

이오나는 손님 쪽을 돌아보며 입술을 우물거렸다. 무언가 말을 하려 했지만, 목구멍에서는 씨근거리는 소리밖에 나오지 않았다.

"뭐라고 하는 거요?"

장교가 물었다.

이오나는 입술을 비틀어 미소를 짓고는 목에다 힘을 주어 가까스로 소리를 냈다.

"나리, 제 아들놈이…… 바로 지난주에 죽었답니다."

"흐음……, 왜 죽었소?"

이오나는 몸을 아예 손님 쪽으로 돌리고서 대답했다.

"그렇듯 허망하게 갈지 누가 알았겠습니까? 열병이었던 것 같습니다……. 사흘간 병원에 누워 있다가 홀연히 세상을 떠났어요……. 다 신의 뜻이겠지만요."

어둠 속에서 또 고함 소리가 울려 퍼졌다.

"비켜, 이 녀석아! 웬 늙은 개가 튀어나와 있어? 두 눈 똑바로 뜨고 다녀!"

손님이 말했다.

"계속 갑시다, 가요……. 이래서는 내일까지도 도착하지 못하겠어. 어서 서두르시오!"

이오나는 다시 목을 빼고 일어나 채찍을 크게 휘둘렀다. 그 후로 몇 번이나 뒤를 돌아보았지만, 손님은 눈을 꼭 감고 있었다. 그의 말을 더는 듣고 싶지 않은 것처럼 보였다.

그는 비보르그스카야 거리에서 손님을 내려 주었다. 여인숙 옆에 멈춰 선 뒤, 마부석에 앉아 몸을 구부리고는 다시금 꼼짝도 하지 않았다. 함박눈이 또다시 그와 말을 하얗게 뒤덮었다. 한 시간이 지나고, 또 한 시간이 흘렀다.

이윽고 세 젊은이가 포장도로 위에서 구두 굽 소리를 크게 내며 걸어왔다. 그중 두 사람은 키가 크고 말랐으며, 한 사람은 키가 작고 곱사등이였다.

"마부, 포리세이스키 다리로 갑시다! 세 사람에 20코페이카요."

곱사등이가 찢어지는 듯한 목소리로 외쳤다.

이오나는 고삐를 당기며 엉덩이를 철썩거렸다. 세 명에 20코페이카는 적당한 가격이 아니었지만, 지금 그에게 중요한 건 그게 아니었다. 손님이 있기만 하다면 1루블이든 5코페이카든 아무래도 상관없었다.

젊은이들은 서로를 밀치기도 하고 상스러운 소리를 내기도 하면서 마차 곁으로 다가왔다. 세 사람이 한꺼번에 앉으려다가, 누가 좌석에 앉고 누가 설 것인지를 두고 다투기 시작했다. 기나긴 말다툼 끝에 키가 제일 작은 곱사등이가 서서 가기로 결정했다.

"자, 어서 말을 몰아!"

곱사등이가 자리를 잡더니, 이오나의 목덜미에 숨을 내뿜으
며 소리쳤다.

"가자고! 그런데 영감, 모자가 왜 그래? 페테르부르크 시내를
샅샅이 뒤져도 그것보다 더 낡은 건 찾아내지 못할걸?"

"헤헤……."

이오나는 그저 낄낄 웃었다.

"맞습니다요……."

"좋아, 어서 몰아! 내내 이렇게 느리게 갈 거야?"

"머리가 빠개지는 것 같아……."

키다리 중 한 명이 말했다.

"어제 두크마소프네 집에서 바스카랑 둘이 브랜디를 네 병이
나 마셨거든."

"거짓말도 적당히 해! 개자식처럼 거짓말이나 하고……."

다른 키다리가 화를 버럭 냈다.

"아니야, 정말이야……."

"벼룩이 기침을 한다는 것만큼 말도 안 되는 소리야."

"헤헤! 재미있는 분들이시네요!"

이오나가 웃으며 끼어들었다.

"쳇! 악마가 널!"

곱사등이가 화를 냈다.

"가는 거야 마는 거야? 이 늙은 놈아! 도대체 지금 어딜 가고

있는 거야? 채찍질을 해! 어휴, 악마 같은 놈! 젠장! 잘 좀 해 보라고!"

이오나는 자기 등 뒤에서 버둥거리는 곱사등이의 몸짓과 떨리는 목소리를 고스란히 느꼈다. 곱사등이가 퍼붓는 저주를 들으며 뒷사람들의 동정을 살피는 동안, 고독감이 조금씩 사라져 가는 듯했다.

곱사등이는 숨이 막혀 기침이 터져 나올 때까지 걸쭉한 욕설로 저주를 퍼부어 댔다. 키다리 둘은 나데즈다 페트로브나라는 여자에 대해 이야기하기 시작했다.

이오나는 그들을 슬쩍 돌아보았다. 그들의 대화가 잠시 끊길 때를 기다렸다가 이렇게 중얼거렸다.

"제 아들놈이…… 바로 지난주에 죽었습니다!"

"모두가 죽는걸, 뭐……."

곱사등이가 기침을 하고서 손등으로 입술을 닦으며 한숨을 쉬었다.

"자, 어서 몰기나 해! 이봐, 친구들! 난 더 이상 이렇게는 못 가겠어! 마부는 언제쯤 우리를 목적지에 데려다주는 거지?"

"그럼 네가 영감을 격려해 줘 봐. 목을 쳐!"

"영감, 들었어? 정말 목을 칠까 보다! 차라리 내려서 말이랑 함께 걷지 그래? 내 말, 듣고 있어? 이 음흉한 뱀 같은 놈! 아니면 우리가 하는 말을 무시하는 거야?"

잠시 후 이오나는 퍽, 하고 누군가 자신의 뒤통수를 치는 소리를 들었다.

"헤헤……, 재미있는 신사분들이시네요. 부디 건강하시길!"

그는 또 웃었다.

"마부, 마누라는 있나?"

키다리 중 한 명이 물었다.

"저요? 헤헤……, 신사 양반도! 지금 제게 마누라라고는 축축한 땅밖에 없어요. 히……, 하하……. 바로 무덤이요! 아들놈도 죽었거든요. 그런데 전 이렇게 살아 있고……. 참 이상한 일이에요. 저승사자가 잘못 찾아온 거지요……. 저 대신 아들한테……."

이오나는 자기 아들이 어떻게 죽었는지 말하려고 돌아섰지만, 곱사등이가 다 왔다고 말하는 바람에 한숨만 가볍게 내쉬었다. 이오나는 20코페이카를 받은 뒤, 어두운 현관 안으로 쏜살같이 사라지는 세 사람의 뒷모습을 오랫동안 바라보았다.

그는 또다시 혼자가 되었고, 다시 침묵이 찾아왔다. 잠시 가라앉았던 슬픔이 다시금 솟아나며 커다란 힘으로 가슴을 짓눌렀다. 이오나의 불안하고 고통스러운 눈길은 거리를 바쁘게 뛰어다니는 군중들을 하염없이 좇았다. 이 수천 명의 사람 중에서 그의 이야기를 들어줄 사람이 단 한 명도 없단 말인가!

군중은 그의 비탄에는 아랑곳하지 않고 그저 스쳐 지나갈 뿐이었다. 슬픔이 끝없이 밀려왔다. 이오나의 가슴을 뚫고 슬픔이 쏟아져 나와 온 세상을 가득 채워도, 지금은 아무도 그것을 보지 못했다. 그 슬픔은 대낮에 불을 제아무리 환히 켜 놓아도 보이지 않을 정도로 작고 하찮은 껍데기 속에 숨어 있었다.

이오나는 문지기를 보는 순간, 그에게 말을 걸어 보기로 마음 먹었다.

"여보게, 지금 몇 시쯤 되었나?"

그가 말했다.

"아홉 시가 넘었소. 그런데 여기, 왜 서 있는 거요? 어서 물러 가시오!"

이오나는 몇 걸음 물러나 신음하며 슬픔에 잠겼다. 이제는 사람들에게 말을 걸어 보았자 아무 소용 없다는 생각이 들었다. 채 오 분도 지나지 않아, 그는 몸을 꼿꼿이 펴더니 날카로운 고통을 느끼는 것처럼 머리를 좌우로 흔들며 고삐를 움켜쥐었다. 그는 더 이상 견딜 수가 없었다.

'숙소로 돌아가야겠어. 숙소로 가자!'

그는 속으로 생각했다.

말이 그의 생각을 읽기라도 한 듯이 재빨리 달리기 시작했다.

그로부터 한 시간 반쯤 지났을 때, 이오나는 커다랗고 지저분한 난로 옆에 앉아 있었다. 사람들은 난로 주변과 마룻바닥, 의자 등에서 코를 골며 잠을 잤다. 공기는 매우 탁했고, 여기저기서 악취가 났다.

이오나는 몸을 긁적이며 자는 사람들을 바라보다가 숙소로 일찍 돌아온 것을 후회했다.

'귀리 값도 벌지 못했는데……. 그건 다 내 잘못이지. 자기 일은 스스로 알아서 해야 하는데 말이야. 자기 일을 제대로 해내는 사람은 자기 배도 부르고 말도 배부를 테니, 얼마나 마음이 편안할까?'

구석 자리에서 젊은 마부가 일어나더니 씨근거리며 물통으로 손을 뻗었다.

"물을 마시고 싶은 건가?"

이오나가 물었다.

"그래요!"

"그래……, 건강하려면…… 그래야지. 그런데 말이야, 젊은이. 내 아들놈이……. 듣고 있나? 바로 얼마 전에 병원에서……. 내 이야기 좀 들어 보게!"

이오나는 젊은이가 자기 이야기에 어떤 반응을 보이는지 궁금했다. 하지만 다 헛수고였다. 젊은이는 이미 이불을 머리끝까지 뒤집어 쓴 채 잠을 자고 있었다.

노인은 한숨을 쉬면서 몸을 긁적였다. 젊은이가 물을 마시고 싶어 하듯이, 그는 누군가와 이야기를 나누고 싶었다. 아들이 죽은 지 이제 곧 일주일이 되어 가지만, 여태 그 누구에게도 자세한 이야기를 하지 못했다.

차근차근, 그리고 자세히 이야기하고 싶었다. 아들이 어쩌다 병에 걸렸으며, 얼만큼 괴로워했고, 죽기 전에 무슨 말을 했으며, 어떻게 죽어 갔는지 이야기해야 했다. 아들의 장례식을 치른 일과 죽은 아이의 옷을 가지러 병원에 갔던 일도 다 이야기해야 했다. 시골에는 딸 아니샤가 남아 있었다. 그 애에 대해서도 이야기해야 했다.

그러니 그가 지금 이야기할 것이 한두 가지겠는가? 그의 이야기를 듣는 사람은 몹시 슬퍼하며 한숨을 쉬고 통곡할지도 모른다. 상대가 여자라면 이야기하기가 훨씬 더 쉬울 것이다. 아무리 바보라도 두 마디만 들으면 눈물을 주르르 흘릴 테니까.

'말을 보러 가야겠어.'

이오나는 생각했다.

'잠은 언제든지 잘 수 있잖아. 언제든 푹 잘 수 있고말고.'

그는 옷을 입고 말이 있는 마구간으로 향했다. 일부러 귀리와 건초, 날씨에 대해 생각했다. 혼자 있을 때는 아들에 대한 생각을 해선 안 되었다. 누군가에게 아들에 대해서 이야기할 수는 있어도, 혼자서 생각에 잠기거나 아들의 모습을 그려 보는 건 도무지 감당할 수가 없었다.

"잘 먹고 있니?"

이오나는 말의 반짝이는 눈동자를 바라보면서 물었다.

"그래, 꼭꼭 잘 씹어 먹어라. 귀리 값을 벌지 못했으니 건초라도 먹어야지. 나는 마차를 몰기에는 너무 늙었어. 아들놈이 몰아야 했는데……, 내가 아니고. 그놈이 진짜 마부였는데……, 살아 있어야만 했는데……."

이오나는 잠시 말을 멈추었다가 다시 이었다.

"그래, 말아……. 쿠즈마 이오니차는 이미 죽었단다. 오래 살라고 했는데……, 헛되이 가 버렸단다. 만약 너에게 새끼가 있는데, 갑자기 죽었다고 생각해 보렴……. 너무너무 슬프지 않겠니?"

말은 건초를 우물우물 씹으면서도 이야기를 듣고 있다는 듯 주인의 손에 콧김을 내뿜었다. 이오나는 말에게 모든 것을 쏟아 내기 시작했다.

제 3 편

사랑에 대하여

아침 식탁에 고기 파이와 가재 요리, 그리고 양고기 커틀릿이 나왔다. 요리사 니카노르가 손님들에게 점심에는 무엇을 먹고 싶은지 물어보기 위해 위층으로 올라왔다. 그는 투실투실한 얼굴에 눈이 작았는데, 마치 수염을 면도한 것이 아니라 아예 뽑아 낸 것처럼 턱이 매끈했다.

알료힌은 아름다운 펠라게야가 이 요리사한테 반했다는 말을 들었다. 니카노르는 술고래인 데다 성질이 거칠었다. 그래서 그녀는 정식으로 결혼을 하기보다는 그저 동거만을 원했다. 하지만 그는 신앙심이 매우 두터웠고, 그의 종교관은 동거를 허락하지 않았다.

니카노르는 펠라게야에게 정식 결혼을 요구했다. 술에 취하면 욕설을 퍼붓고 손찌검을 했다. 그녀는 니카노르가 술에 취해 있을 때면 위층에 숨어서 몰래 흐느껴 울었다. 알료힌과 하인들은 만일의 경우, 펠라게야를 보호하기 위해 절대로 집을 비우지 않았다.

이윽고 사람들이 사랑에 대하여 이야기하기 시작했다. 알료힌은 안타까운 표정을 지으며 끼어들었다.

"사랑은 어떻게 생겨나는 것일까요? 펠라게야는 어째서 내적으로나 외적으로 자신에게 좀 더 걸맞은 사람이 아니라, 하필이면 도깨비 같은 니카노르를 사랑하게 되었을까요? 우리 집에서는 모두 그를 도깨비라고 부른답니다. 사랑에는 개인의 행복이라는 중요한 문제가 걸려 있습니다. 우리는 이것을 저마다의 방식으로 해석하지요. 지금까지 사랑에 대한 수많은 이야기가 있어 왔지만, 그중 명백한 진실은 오직 하나입니다. 바로 '사랑에는 신비로움이 깃들어 있다.'는 것이지요.

사랑에 대해 사람들이 말하고 기록한 것들은 여전히 해결할 수 없는 과제로 남아 의문을 남기고 있습니다. 어느 한 가지 경우에 들어맞아 보이는 설명도 다른 열 가지 경우에는 맞지 않을 때가 많으니까요. 내 의견을 말씀드리자면……, 가장 좋은 방법은 각각의 개별적인 경우를 따로따로 구별해 일반화하지 않는 것입니다. 의사들이 환자 한 명 한 명에게 최선을 다하는 것처럼 말이죠."

"정말 옳으신 말씀입니다."

부르킨이 동의했다.

"우리 러시아인들은 이렇게 미해결로 남아 있는 문제들을 좋아합니다. 흔히 사람들은 사랑을 시에 비유해서 장미나 밤꾀꼬리 등으로 표현하지만, 러시아인들은 사랑을 숙명적인 문제로 바라보지요. 그것도 가장 재미없는 운명을 골라서요.

모스크바에서 대학교에 다닐 때, 아주 사랑스러운 여인과 동거를 한 적이 있어요. 그녀는 포옹할 때마다 내가 한 달에 돈을 얼마나 버는지, 쇠고기 이백 그램이 지금 얼마인지만 생각하더군요. 심지어 사랑을 나눌 때도 이러한 질문을 멈추지 않았습니다. 이게 현명한 것인지 어리석은 것인지, 우리의 사랑이 앞으로 어떻게 흘러갈 것인지 끊임없이 물었지요. 이게 좋은 건지 나쁜 건지는 모르겠습니다만, 사람을 불안하게 하고 불만이 쌓이도록 하며 화나게 만든다는 것만은 확실합니다."

그는 무엇인가 하고 싶은 말이 더 있는 것 같았다. 혼자 사는 사람들은 마음속에 말하고 싶은 무언가를 항상 품고 있기 마련이니까. 도시에 사는 독신자들은 누군가와 잠깐 이야기를 나누고 싶어서 일부러 목욕탕이나 레스토랑에 간다. 그러고는 목욕탕에서 시중 드는 사람이나 식당의 종업원에게 자못 재미있는 이야기를 들려준다.

반면에 시골에 사는 독신자들은 보통 자신의 집을 방문한 손님들 앞에서 마음을 털어놓는다. 창밖으로 회색 하늘과 비에 젖은 나무들이 바라다보이는 지금 같은 날씨에는 아무 데도 가지를 못하니, 그저 집 안에 들어앉아 이야기를 나누는 것이 가장 좋은 방법인 셈이다.

알료힌이 다시 말문을 열었다.

"나는 꽤 오래전부터 소피노에서 영지를 관리하고 있습니다. 대학을 막 졸업하고 나서부터였지요. 내가 받은 교육은 거친 일에 적합하지 않았어요. 선천적으로도 학문에 종사하는 것이 잘 맞았답니다. 내가 이곳으로 왔을 때 이 영지는 죄다 저당을 잡혀 있었어요. 아버지께서 내 교육을 위해 너무나 많은 돈을 쓴 나머지 빚까지 졌기 때문입니다. 나는 빚을 다 갚을 때까지 여기서 일하기로 결심했습니다.

그렇게 결정하고 나서 곧장 일을 시작했습니다만, 조금도 망설이지 않았다고 한다면 거짓말이겠지요. 이곳의 토지는 생산량이 매우 적습니다. 손해를 보지 않으려면 농노나 일꾼을 고용해야 했지요. 아니면 우리 가족이 직접 밭에 나가 일을 하든가요. 다른 방법은 없었습니다.

나는 그런 것에는 전혀 개의치 않았습니다. 한 뼘의 땅이라도 쓸모없게 버려 두고 싶지 않았으니까요. 이웃 마을의 농부와 아낙네들까지 모두 끌어모아 바쁘게 움직였습니다. 나도 쟁기로

밭을 갈고 씨를 뿌리고 풀을 베었고요. 일에 지치고 배가 고파 얼굴이 절로 찌푸려지기도 했습니다. 텃밭에서 오이를 훔쳐 먹는 고양이처럼요.

몸이 점차 병들어 가는 바람에 서서 잠을 청해야 할 지경이었지요. 처음에는 이런 노동 생활과 나의 문화적 습관을 쉽게 조화시킬 수 있으리라고 생각했습니다. 몇 가지 규칙만 지키면 된다고 생각했거든요. 이층의 가장 좋은 방에 살면서 아침 식사와 점심 식사 후에는 리큐어(알코올에 과실, 과즙, 약초 따위를 넣고 설탕이나 꿀을 섞어 만든 술.)를 넣은 커피를 가져오도록 했지요. 잠자리에 들 때는 《유럽 통보》(1866년부터 1918년까지 발간된 자유주의적 성향의 잡지.)를 읽었고요.

그러나 어느 날 이반 신부가 와서 내 리큐어를 단숨에 마셔 버렸습니다. 《유럽 통보》마저 그의 딸들이 가져가 버렸지요. 여름, 특히 풀베기 철이 되면 침대까지 갈 여유도 없이 오두막이나 썰매 위, 혹은 아무 데서나 쓰러져 자곤 했으니 책을 읽을 틈이 전혀 없기는 했어요.

나는 차츰 아래층으로 내려가 하인들의 부엌에서 식사를 하는 지경에 이르렀습니다. 예전의 호화롭던 삶 가운데서 지금까지 내게 남아 있는 것은 아버지를 모시던 하인들뿐이었습니다. 아버지를 오래도록 모셨던 그들을 해고시키는 건 너무도 마음 아픈 일이었기에 그대로 남겨 두었지요.

처음 몇 해 동안, 나는 이 지방의 명예 치안 판사로 선출되었습니다. 때때로 시내로 나가 판사 회의나 지방 법원 회의에 참석하는 것은 무척 기쁜 일이었습니다. 특히 겨울철에 두세 달을 집에서 틀어박혀 지내다 보면, 검은 프록코트가 불쑥 그리워지곤 했습니다. 지방 법원에는 프록코트, 즉 연미복을 입은 사람들이 꽤 있었거든요.

제대로 교육을 받고 법률에 식견이 있는 사람들과 이야기를 나눌 수도 있었지요. 썰매에서 잠을 자고 하인들 주방에서 식사를 마친 후 안락의자에 잠시 앉아 있다가, 깨끗한 옷으로 갈아입고 덧신을 신은 뒤 가슴에 체인 목걸이를 늘어뜨리는 것은 그야말로 대단한 호사였습니다.

시내에서는 어디를 가든 모두들 친절히 대해 주었고, 나 역시 그들과 친밀하게 지냈습니다. 그중에서 나와 가장 가까이 지내면서 내 마음을 즐겁게 해 준 사람은 바로 지방 법원의 차장인 루가노비치였습니다. 여러분도 그를 알지요? 참 좋은 사람입니다. 아마 그 유명한 방화 사건 직후였을 것입니다. 법정 조사가 이틀이나 계속되었고, 우리는 몹시 지쳐 있었지요.

그때 루가노비치가 내게 말했습니다.

'우리 집으로 식사나 하러 가시지요. 어떻습니까?'

그의 제안은 매우 뜻밖이었습니다. 나는 루가노비치와 공적인 관계로만 지내고 있었기에 그의 집엔 가 본 적이 없었거든요. 나는 여관에 들러 옷을 갈아입은 다음, 그의 집으로 점심을 먹으러 갔습니다. 거기서 루가노비치의 아내 안나 알렉세예브나를 보게 되었습니다.

그 당시 그녀는 스물두 살로 매우 젊었고, 불과 반년 전에 첫 아기를 낳았습니다. 지난 과거의 일이라 그녀의 특별한 매력이 무엇이었고, 어떤 점에서 그녀가 내 마음에 들었는지는 명확히 설명하기 어렵습니다. 하지만 함께 식사를 하던 날, 그녀의 모든 것은 참으로 완벽했습니다.

지금도 아주 선명히 기억에 남아 있습니다. 그 전까지 한 번도 만나 보지 못한, 젊고 상냥하고 이지적이며 매력적인 여성이었습니다. 나는 이내 그녀에게서 특별한 느낌을 받았습니다. 언젠가 어린 시절에 어머니 장롱 위에 놓여 있던 앨범 속에서 예의 바르고 총명한 눈을 가진 그 얼굴을 본 것만 같았지요.

방화 사건 당시, 네 명의 유대인을 문초했습니다. 판사는 그들을 공범으로 판결했지만, 내 생각에는 그 판결에 전혀 근거가 없었습니다. 식사를 하는 동안 나는 속이 답답해서 몹시 흥분했는데요. 무슨 이야기를 했는지는 제대로 기억나지 않습니다.

안나 알렉세예브나는 내 얘기를 듣는 내내 고개를 절레절레 젓다가 남편에게 이렇게 말했습니다.

'드미트리, 어떻게 그런 일이 있을 수 있지요?'

루가노비치는 참 좋은 사람이었습니다. 하지만 누구든 재판

으로 넘겨진다면, 그것만으로도 죄가 있다고 믿었어요. 판결의
정당성에 대한 의혹은 법적인 절차를 거쳐 서면으로만 제기해
야 하고, 식사나 일상적인 대화 중에 꺼내서는 안 된다고 생각
하는 사람들 중의 하나였습니다.

그는 부드러운 목소리로 대답했습니다.

'나나 당신이나 방화를 하지 않았으니, 우리가 재판을 받거나
감옥에 갈 염려는 없어요.'

두 사람 모두 내가 식사를 넉넉히 할 수 있게 해 주었습니다.
부부가 함께 커피를 내리거나 말을 하지 않아도 서로의 의도를
이해하는 모습을 보며, 그들이 참으로 안정되고 평화로운 결혼
생활을 하고 있다는 것을 깨달았습니다. 손님의 방문을 무척 기
뻐한다는 것도 알 수 있었고요. 식사가 끝나자 부부는 의자에
나란히 앉아 피아노를 연주했습니다.

나는 날이 어둑해진 후 여관으로 돌아왔습니다. 초봄의 일이
었는데, 그 후 여름 내내 소피노에서 지냈습니다. 루가노비치의
집이 있는 시내에 관해 생각할 틈은 없었지만, 날씬한 금발 여
인에 대한 기억은 줄곧 내 안에 남아 있었습니다. 특별히 그녀
를 생각하려고 하진 않았지만, 그녀의 그림자는 늘 내 마음속에
자리 잡고 있었지요.

그해 늦가을에 시내에서 자선 공연이 있었습니다. 나는 지사
가 앉아 있는 좌석으로 다가갔습니다. 공연 말미에 그리로 와

달라는 청을 받았거든요. 그때 지사 부인과 나란히 앉아 있는 안나 알렉세예브나를 보았습니다. 그녀의 강렬하고 아름다운 인상과 사랑스럽고 매력적인 눈동자는 다시금 친밀한 감정을 불러일으켰습니다. 우리는 나란히 앉아 있다가 휴게실로 자리를 옮겼습니다.

'많이 여위셨네요. 혹시 편찮으셨어요?'

그녀가 걱정스런 눈길로 물었습니다.

'어깨에 신경통이 있습니다. 비 오는 날이면 통 잠을 이루지 못하지요.'

'기운이 없어 보여요. 봄에 선생님이 저희 집에 오셨을 때는 훨씬 더 젊고 건강하게 보였는데……. 그때 선생님은 활기 넘치는 얼굴로 말씀도 많이 하셨지요. 무척 재미있었답니다. 사실은 그때 선생님께 마음이 약간 기울었다는 걸 고백할게요. 여름을 지나는 동안 종종 선생님 생각이 났어요. 그리고 오늘 극장에 올 때, 왠지 선생님을 만날 것 같은 예감이 들었답니다.'

그러면서 그녀는 슬며시 미소를 지었습니다.

'그런데 오늘 선생님은 기운이 참 없어 보여요. 그래서인지 나이가 훌쩍 들어 보이네요.'

그녀는 되풀이해서 말했습니다.

다음 날 나는 루가노비치의 집에서 아침 식사를 했습니다. 아침 식사 후 그들은 월동 준비를 하러 별장으로 출발했는데, 어쩌다 보니 나도 함께 가게 되었습니다. 그들과 같이 시내로 다시 돌아온 것은 한밤중이 다 되어서였답니다. 마치 한가족이 된 것 같은 분위기 속에서 함께 차를 마셨습니다. 난롯불이 빨갛게 타오르고 있었지요. 젊은 어머니는 아기가 자고 있는지 살펴보러 갔습니다.

그날 이후로 나는 시내에 나갈 때마다 루가노비치의 집에 들르기 시작했습니다. 그들은 나를 다정하게 맞아 주었고, 나 역시 그들을 매우 친밀하게 느꼈습니다. 마치 가족이 되기라도 한 것처럼 예고도 하지 않고 그 집에 불쑥 들어서곤 했지요.

'거기, 누가 오셨나요?'

멀리서 들려오는 나긋나긋한 목소리가 너무나도 아름답게 느껴졌습니다.

'파벨 콘스탄티니치 씨가 오셨습니다.'

하녀와 유모가 대답했습니다.

안나 알렉세예브나는 걱정스런 얼굴로 나와서는 언제나 이렇게 물었습니다.

'어째서 한동안 오시지 않으셨어요! 무슨 일이 있으셨나요?'

그녀의 따뜻한 시선, 내게 내미는 우아한 손, 실내복, 머리 모양, 목소리, 발걸음 등은 언제나 내게 새롭고도 소중한 감정을 불러일으켰습니다. 우리는 오랫동안 잡담을 하기도 했고, 말없이 각자의 일을 하기도 했습니다. 때때로 그녀가 피아노 연주를 들려주기도 했지요.

부부가 없더라도 먼저 집 안에 들어가 그들을 기다리기도 했습니다. 유모와 이야기를 나누기도 했고, 아기와 놀아 주기도 했으며, 서재의 튀르키예산(産) 소파에 누워 신문을 읽기도 했지요. 그러다 안나 알렉세예브나가 돌아오면 현관에서 반갑게 맞이하며 짐을 받아 들었습니다. 나는 마치 소년처럼 사랑스러움과 자랑스러움이 가득한 마음으로 그 짐을 방으로 날라다 주곤 했답니다.

이런 속담이 있지요.

'여자는 걱정거리가 없으면 젖먹이 새끼 돼지를 사들인다.'

루가노비치 부부는 그야말로 걱정거리가 하나도 없었습니다. 그래서 나와 사귀게 되었던 것이지요. 부부는 내가 오랫동안 나타나지 않으면 어디가 아프다거나 무슨 일이 생겼다고 생각해 몹시 걱정했습니다.

그들은 내가 상당한 교육을 받고 여러 나라 말을 할 줄 아는 교양인인데도 불구하고, 학문이나 문학적인 일이 아니라 시골에 틀어박혀 다람쥐 쳇바퀴 돌 듯이 일하는 걸 안타까이 여겼습니다. 항상 돈이 없다며 걱정을 해 주었지요.

내가 즐겁게 대화를 하거나 웃음을 짓거나 음식을 맛있게 먹는 것도 모두 아픔을 숨기기 위해서 억지로 그러는 것이라고 생각하더군요. 기분이 좋고 신이 나는 순간에도 나를 탐색하는 듯한 그들의 시선이 느껴졌지요. 그들은 실제로 내가 채권자에게 빚 독촉을 받거나 급히 지불해야 할 돈을 마련하지 못했을 때 특히 더 연민 어린 표정을 보였습니다.

부부가 창가에 서서 무언가를 속삭이다가 남편이 사뭇 진지한 표정으로 내게 다가와 이렇게 말하곤 했습니다.

'파벨 콘스탄티니치 씨, 혹시 돈이 필요하시다면 사양하지 마시고 저희 돈을 빌려 쓰세요. 부탁드립니다.'

그럴 때 그의 두 귀는 빨갛게 물들곤 했습니다. 두 사람이 창가에서 소곤거리다가 역시 귀가 빨개진 남편이 내게 다가와 이렇게 말하는 일도 있었답니다.

'이 선물을 받아 주세요. 저희 부부의 부탁입니다.'

그러면서 장식용 단추나 담배 케이스, 혹은 램프를 주었습니다. 나는 답례로 시골에서 키우던 새와 버터, 꽃 등을 선물했지요. 사실 나는 다른 사람들에게서 돈을 자주 빌렸고, 빌려 주겠다는 사람이 있으면 누구의 돈이든 가리지 않았습니다. 루가노비치 부부는 상당한 재산을 가지고 있었지만, 나는 아무리 급한 일이 있어도 그들의 돈을 빌리지는 않았습니다. 무엇 때문에 그랬을까요?

나는 그저 불행했습니다. 집에서도, 들에서도, 오두막에서도 그녀 생각만 했습니다. 재미라고는 하나도 없는 데다 나이가 마흔이 넘어 노인이나 다름없는 남자와 결혼해 아이까지 낳은, 그

젊고 아름답고 총명한 여인의 비밀을 어떻게든 이해하려고 애썼습니다.

그리고 그 재미없고 온화하며 순진한 남자, 무도회나 모임에서 지루한 토론이나 하면서 상류층 사람들 곁에 무관심한 표정으로 서 있는 남자, 그러면서도 자기에겐 행복을 누릴 권리와 그녀에게 자신의 아이를 낳게 할 권리가 있다고 믿는 그 남자의 비밀을 헤아려 보려고 했습니다. 그러다 그녀가 애초에 왜 내가 아니라 그를 만났는지, 무엇 때문에 우리 인생에 그처럼 무서운 잘못이 벌어졌는지 알고 싶어졌습니다.

어쩌다 시내에서 그녀와 우연히 마주칠 때면 두 눈동자에서 나를 기다렸다는 사실을 읽을 수 있었습니다. 그녀 입으로 내게 고백하기도 했고요. 아침부터 어떤 특별한 느낌이 들어서 내가 오리라는 걸 예감하고 있었다나요?

우리는 한참 동안 이야기를 나누기도 하고, 또 말없이 오래도록 앉아 있기도 했습니다. 하지만 사랑을 고백하지는 않았습니다. 오히려 그런 일을 조심스럽게 경계하며 감추었습니다. 우리의 비밀이 현실로 드러나게 될까 봐 두려워했습니다.

나는 조심스럽게, 그러나 마음 깊이 그녀를 사랑했습니다. 만일 우리가 사랑을 위해 투쟁할 힘을 얻지 못한다면 우리의 사랑이 어떻게 될지 깊이 고민하며 스스로에게 되묻곤 했습니다. 나의 고요하고 슬픈 사랑이 그 집의 평온한 생활을 무참히 깨뜨리게 할 수는 없었습니다.

그것이 과연 올바른 일일까? 그녀는 과연 나를 기꺼이 따를까? 나는 그녀를 어디로 데려갈 수 있을까? 만일 내가 조국의 해방을 위해 투쟁하거나 유명한 학자, 배우, 화가처럼 아름답고 즐거운 생활을 영위한다면 별문제가 안 되겠지만 아주 평범한 삶이나 그보다 못한 삶을 살게 한다면 우리의 사랑은 얼마나 오래 지속될까? 내가 아프거나 죽으면, 혹은 애정이 식어 버리면 그녀는 어떻게 될까? 나는 줄곧 이런 고민에 빠져 있었습니다.

그녀도 같은 생각을 하고 있는 듯했습니다. 남편과 아이를, 그리고 사위를 아들처럼 사랑하는 자신의 어머니를 떠올렸겠지요. 그녀가 자신의 감정에 굴복한다면 거짓과 진실 중 한 가지를 선택해야 할 것입니다. 그녀로서는 어느 쪽이든 두렵고 불편해지는 일이었지요.

또한 이런 의문이 그녀를 끊임없이 괴롭혔을 겁니다. 자신의 무모한 사랑이 과연 행복을 가져다줄지, 자신을 더 불행하고 복잡하게 만들어 놓지는 않을지……. 그녀는 내가 그다지 젊지 않은 데다 새로운 생활을 시작할 만큼 근면하고 정열적이지 못하다고 생각했습니다. 그래서 남편에게 자주 내가 내조를 잘할 수 있는 영리하고 착실한 아가씨를 만나 결혼해야 한다고 말했습니다. 그러곤 시내 그 어디에서도 그런 아가씨를 찾아볼 수 없었노라고 덧붙였지요.

그러는 동안 몇 해가 흘렀습니다. 안나 알렉세예브나는 어느새 두 아이를 키우고 있었지요. 내가 루가노비치의 집에 가면 하녀는 늘 예의 바르게 미소를 지었어요. 아이들은 파벨 콘스탄티니치 아저씨가 오셨다고 외치며 제 목에 매달렸습니다. 모두가 기뻐했습니다. 그들은 제 마음속에 무엇이 숨어 있는지 알지 못한 채 나 역시도 자신들과의 만남을 진심으로 기뻐한다고 여겼지요.

모두가 나를 교양인이라고 생각했습니다. 어른과 아이들 모두 '신사분'이 방문했다고 말했으니까요. 내가 그 집에 있는 것만으로도 그들의 생활이 더 깨끗하고 아름다워진다고 여기는 듯했습니다.

나는 안나 알렉세예브나와 함께 극장에 가곤 했습니다. 그때마다 걸어서 갔지요. 좌석에 나란히 앉으면 서로의 어깨가 맞닿았습니다. 그녀의 손에서 말없이 오페라글라스를 받아 들 때면 그녀가 내 가까이에 있다는 사실이 아주 생생하게 느껴졌습니다. 그녀가 나의 사람이라는 것도요. 우리는 이제 서로가 없이는 살 수 없다는 걸 느꼈습니다.

그렇지만 사람들의 시선을 피해 극장을 나오자마자 작별 인사를 하고선 모르는 사람인 것처럼 헤어졌습니다. 시내에는 벌써 우리에 관한 소문이 나 있었지만 그저 헛소문인 양 취급했지요.

그 후 안나 알렉세예브나는 어머니와 언니가 사는 집을 자주 방문했습니다. 그녀는 몹시 침울해 보였지요. 남편이나 아이들도 만나고 싶지 않다고 하면서 불만으로 가득 차 파멸해 가는 생활을 고백하곤 했습니다. 그때는 이미 신경 장애로 치료를 받고 있었습니다.

우리는 대화를 많이 하지 않았습니다. 언젠가부터 그녀는 다른 사람들과 함께 있을 때면 내 말에 극구 반대하면서 화를 벌컥 내곤 했습니다. 내가 무슨 말을 하건 동의하지 않았고, 토론을 할 때면 무조건 상대방 편을 들었습니다. 무언가를 떨어뜨리면 차가운 목소리로 '잘됐네요.' 하고 빈정거렸지요.

그녀와 함께 극장에 갔다가 오페라글라스를 받아 드는 걸 깜빡 잊기라도 하면 마치 기다렸다는 듯 이렇게 쏘아붙였습니다.

'당신이 잊어버릴 줄 알았어요.'

다행인지 불행인지, 우리 인생에서 영원한 것은 없습니다. 우리에게도 이별의 순간이 오고야 말았습니다. 루가노비치가 서부 어느 지방의 장관으로 임명되었기 때문이지요. 그는 그곳으로 가기 위해 가구와 말, 별장을 팔아야 했습니다. 마차를 타고 별장에 갔다 오면서 초록색 지붕과 정원을 마지막으로 돌아보았을 때는 모두 슬픔에 빠졌습니다. 나는 단지 그녀의 별장과 작별하는 것이 아니라는 사실을 깨달았지요.

안나 알렉세예브나는 의사의 권고로 8월 말에 크림반도로 요양을 떠났습니다. 며칠 후 루가노비치 역시 아이들을 데리고 서부 지방으로 떠나기로 했지요.

안나 알렉세예브나를 배웅하기 위해 많은 사람이 모였습니다. 그녀는 이미 남편과 아이들에게 작별 인사를 건넸습니다. 이윽고 기차의 출발을 알리는 세 번째 종이 울리기까지는 시간이 얼마 남지 않았습니다. 나는 그녀가 깜빡 잊고 간 바구니를 전하기 위해 칸막이 객실로 뛰어갔습니다. 이제는 진짜로 작별 인사를 해야 했습니다.

객실에서 서로의 시선이 마주쳤을 때, 우리는 더 이상 참지 못했습니다. 나는 안나 알렉세예브나를 와락 껴안았고, 그녀는 내 가슴에 얼굴을 파묻었습니다. 두 눈에서는 눈물이 끊임없이 솟았습니다. 나는 그녀의 얼굴과 어깨, 손에 하염없이 키스를 퍼부으면서 사랑을 고백했습니다.

아, 나와 그녀는 얼마나 불행했는지! 마음속의 극심한 고통과 함께 우리의 사랑을 방해한 모든 것이 얼마나 부질없고 무의미한 것이며 거짓된 것이었는지를 비로소 깨달았습니다. 그 순간 사랑을 할 때는 죄악이냐 덕이냐, 행복이냐 불행이냐 하는 것들보다 더 높고 중요한 것에서부터 자기 논증을 시작해야 한다는 사실을 알았습니다. 그럴 게 아니라면 아무런 논의도 시작하지 말아야 한다는 사실을요.

나는 마지막으로 그녀에게 입맞춤을 하고는 다정히 손을 잡았습니다. 그렇게 우리는 영원히 헤어졌습니다. 기차가 막 움직이고 있었습니다. 나는 옆 객실의 빈자리에 앉아 다음 역에 닿을 때까지 줄곧 흐느껴 울었습니다. 그 역에서 내린 다음 걸어서 소피노에 있는 집으로 돌아왔지요.”

알료힌이 이야기하는 동안 비가 그쳤고 해는 높이 솟았다. 부르킨과 이반 이바니치는 발코니로 나갔다. 햇빛을 받아 거울처럼 빛나는 강과 정원의 전망이 매우 훌륭했다.

그들은 감탄하는 동시에 이 선량하고 총명한 눈을 가진 사나이가 학문 혹은 더 유쾌한 일에 종사하지 않고 다람쥐 쳇바퀴 돌 듯 이 영지에 묻혀 사는 것을 애석해했다.

그리고 그가 객실에서 작별 인사를 나누며 안나 알렉세예브나의 얼굴과 어깨, 손에 키스했을 때 그녀가 얼마나 슬픈 표정을 지었을지 상상해 보았다. 두 사람 모두 시내에서 그녀를 만난 적이 있었다. 특히나 부르킨은 그녀와 잘 아는 사이였는데, 언제나 그녀가 매우 아름답다고 생각했다.

제 4 편
사랑스러운 여인

　퇴직한 팔등관 플레먀니코프의 딸 올렌카는 마당 한켠에 놓인 마루에 앉아 생각에 잠겨 있었다. 무더운 날씨에다 파리들까지 끈적끈적 귀찮게 달라붙었지만, 이제 곧 저녁이 된다는 생각에 기분이 한층 유쾌해졌다. 동녘 하늘에서 검은 먹구름이 비를 머금은 채 뭉게뭉게 몰려왔다. 이따금 같은 방향에서 습기도 뒤섞여 왔다.

　쿠킨은 '치볼리'라는 야외극장의 경영자이자 관리인이었다. 그는 마당 쪽 작은 방에 세 들어 살았는데, 마당 한가운데에 서서 하늘을 멍하니 쳐다보고 있었다.

　"또야!"

그는 절망적인 말투로 중얼거렸다.

"또 비야! 날이면 날마다 비만 내리고……. 마치 일부러 날마다 비가 내리는 것 같군! 이래서야 원, 내 목을 조르려는 건가! 정말로 파산하겠어! 날마다 손해가 이만저만이 아니라고!"

그는 딱, 하고 손뼉을 쳤다. 그러고는 올렌카 쪽으로 돌아서서 말을 이었다.

"자, 보세요, 올가 세묘노브나. 이게 바로 삶의 모습입니다. 좀 울어 주기라도 하세요! 우리는 일을 하기 위해 노력을 하면서 몇날 며칠 잠도 못 잔 채 괴로워합니다. 어떻게 해야 더 나아질지 줄곧 고민하지요. 그런데 어떻습니까? 한쪽에는 무지하고 야만스럽기 짝이 없는 관객이 있습니다. 나는 그들에게 최고의 오페라와 환상적인 연극, 출중한 가수들을 선보이고 있지만, 과연 그게 그들에게 필요한 걸까요? 그들은 그 속에서 무언가를 이해하고 있기나 한 걸까요? 그들에게 필요한 것은 그저 우스꽝스런 광대뿐입니다! 저속한 것을 보여 주면 되는 겁니다! 이 날씨 좀 보세요. 거의 매일 저녁 비가 내려요. 5월 10일부터 시작한 것이 6월 내내 계속되고 있다니까요. 아주 진저리가 납니다! 관객이 오지 않더라도 세를 치러야 하잖아요. 악사랑 배우들에게 급료도 줘야 하고요."

이튿날도 저녁이 되자 먹구름이 몰려왔다. 그러자 쿠킨은 까칠한 목소리로 너털웃음을 지으며 말했다.

"그래, 마음대로 해라! 내릴 테면 내려라! 마당에 빗물이 흘러 넘치도록 내려라. 차라리 내가 물귀신이 돼 버리지, 뭐! 이승에서고 저승에서고, 행복을 누리기는 글렀어! 배우들도 나를 고소할 테면 고소하라지! 재판이 뭐란 말인가? 시베리아의 감옥에라도 처넣으라 그래! 사형에라도 처해 보라고! 핫! 핫! 핫!"

그 이튿날도 역시 비가 내렸다. 올렌카는 쿠킨의 말을 묵묵히 듣고 있었다. 때로는 그녀의 두 눈에 눈물이 핑 돌기도 했다. 그러다 쿠킨의 불행이 올렌카의 마음을 움직이게 되었다. 자기도 모르는 새 쿠킨을 사랑하게 된 것이다.

그는 작달막한 키에 삐쩍 야위었다. 얼굴빛이 누렇게 떴으며, 관자놀이와 귀 사이에 늘 머리칼 몇 가닥을 걸고 다녔다. 목소리는 높고 가냘팠는데, 말할 때마다 입을 삐죽거리는 버릇이 있었다. 그의 얼굴에는 항상 절망의 빛이 떠올라 있었다. 그럼에도 불구하고 그는 어느 순간 올렌카의 마음속에 깊은 사랑을 불러일으켰다.

그녀는 줄곧 누군가를 사랑해 왔으며, 또 사랑하지 않고는 견디지 못하는 성미였다. 그 전에는 자신의 아버지를 사랑했다. 그녀의 아버지는 지금 병을 앓고 있기에, 어두운 방 안의 안락의자에 앉아 괴롭게 숨을 몰아쉬고 있었다. 이 년에 한 번씩 브랸스크에서 찾아오던 숙모를 사랑한 적도 있었다. 여학교에 다닐 때는 프랑스어 선생님을 사랑했다.

올렌카는 온화하고 부드러운 눈을 가졌다. 조용하고 마음씨가 고왔으며, 인정이 많은 편이었다. 그리고 아주 건강했다. 그녀의 통통한 분홍빛 볼, 부드러운 목 위의 귀여운 점, 무엇인가 재미있는 얘기를 가만히 듣고 있을 때에 떠오르는 선량하고 순진한 미소를 볼 때면 대부분의 사내들은 저도 모르게 빙그레 미소를 지었다.

그 집의 손님들은 그걸 보는 것만으로는 성에 차지 않는 걸까? 한창 얘기하는 도중에 갑자기 올렌카의 손을 덥석 잡고서 희열을 이기지 못한 채 탄성을 내지르곤 했다.

"이렇게 사랑스러울 수가!"

올렌카가 줄곧 살아온 이 집은 아버지의 유언장에 따라 얼마 전에 명의가 그녀로 바뀌었다. 집은 치볼리 야외극장에서 그리 멀지 않은 시내 변두리의 집시촌에 있었다. 그래서 날마다 초저녁부터 밤중까지 야외극장에서 연주되는 음악이며 펑펑 터지는 폭죽 소리가 크게 들렸다. 그녀에게는 그것이 마치 쿠킨이 자신의 운명과 싸우며 최대의 적인 냉담한 관객들을 공략하고 있는 것처럼 느껴졌다.

그녀의 심장은 달콤하게 옥죄어 들었다. 전혀 잠들고 싶지가 않았다. 새벽녘에 그가 돌아오면 침실에서 살며시 창문을 두드린 뒤, 커튼 사이로 얼굴과 한쪽 어깨를 내보이면서 상냥하게 미소를 지었다.

쿠킨은 곧 올렌카에게 청혼했고, 두 사람은 오래지 않아 결혼 식을 올렸다. 드디어 가까이에서 그녀의 목과 건강한 어깨를 본 쿠킨은 기쁨의 손뼉을 치며 이렇게 말했다.

"정말 사랑스럽군!"

쿠킨은 그 어느 때보다 행복했다. 하지만 결혼 당일 낮부터 밤까지 비가 계속 쏟아진 탓에 얼굴에서 절망스러운 표정이 가시지 않았다.

결혼을 한 뒤, 둘은 그런대로 즐겁게 지냈다. 올렌카는 쿠킨의 사무실 출납구에 앉아 야외극장의 공연을 지켜보았다. 입장권을 판매한 뒤 장부에 기록했으며, 그렇게 번 돈으로 배우와 악사들의 급료를 치렀다. 그녀의 분홍빛 볼과 귀엽고 천진난만한 미소는 출납구의 창문 안에서도 여전히 반짝였다. 무대 뒤켠에서 꽃처럼 피어나기도 하고, 식당에서 등불처럼 환히 빛나기도 했다.

그녀는 틈만 나면 주변 사람들에게 세상에서 가장 훌륭하고 중요하고 필요한 것은 극장이라고 말하기 시작했다. 오직 극장에서만이 진실한 즐거움을 얻어 참다운 교양인이 될 수 있다고 떠들어 대었다.

"그런데 말이에요. 과연 관객들이 그것을 이해하고 있을까요?"

그녀는 이렇게 말하기도 했다.

"관객들에게 필요한 것은 그저 광대뿐이에요! 어제 우리 극장에서《파우스트》를 각색한 공연이 있었는데요. 글쎄, 자리가 텅텅 비었지 뭐예요? 만약 우리가 저속하고 상업적인 공연을 올렸다면 틀림없이 극장에 사람들이 꽉 들어찼을 거예요. 내일은 〈지옥의 오르페우스〉를 상연하기로 했어요. 그러니 꼭 보러 오세요."

올렌카는 쿠킨이 극장과 배우에 대해서 한 말들을 그대로 되풀이했다. 그녀도 남편과 마찬가지로 예술에 냉담하고 무지하기 그지없는 일반 관객을 경멸했다. 무대 연습에 직접 참견을 하기 시작했으며, 시시때때로 배우들의 대사와 동작을 바로잡아 주었다. 그리고 악사들의 행동을 철저하게 감시했다. 어쩌다 지방 신문에 극장의 악평이 실리기라도 하는 날에는 신문사 편집국에 찾아가 눈물을 흘리면서 상황을 설명했다.

어쨌거나 배우들은 올렌카를 좋아했다. 그녀를 '나의 주인'이니 '사랑스러운 여인'이니 하고 불렀다. 그녀도 그들을 안타깝게 여긴 나머지, 약간의 돈을 빌려 주기도 했다. 가끔씩 그들이 자신을 속이는 일이 있어도 남몰래 눈물을 흘릴 뿐 남편에게 하소연하지는 않았다.

그들은 그해 겨울도 즐겁게 보냈다. 겨울 내내 시내에 있는 극장에 세를 내 주었다. 우크라이나의 예술 단체며 마술사며 아마추어 연극인들에게 짧게 짧게 극장을 빌려주었다. 그사이에 올렌카는 통통하게 살이 올랐고, 기쁨으로 얼굴이 밝게 빛났다.

그러나 쿠킨은 바짝 야윈 데다 핏기가 거의 없었다. 겨울 동안 사업이 부진한 것도 아니었는데, 크게 손해를 보았다고 하면서 우는 소리를 하곤 했다. 게다가 밤이 되면 기침을 심하게 했다. 올렌카는 그에게 딸기즙과 보리수꽃 달인 것을 먹였다. 그러고는 오데콜로뉴(화장수의 일종.)를 몸에 바른 뒤 부드럽게 문질러 주거나 부드러운 숄로 감싸 주었다.

"당신은 정말 훌륭한 사람이에요!"

올렌카는 쿠킨의 머리를 쓰다듬으면서 진심을 다해 말했다.

"당신은 정말로 사랑스럽다고요!"

쿠킨은 사순절(부활 주일 전 40일 동안의 기간.)을 맞아, 새로운 극단들과 교섭하기 위해 모스크바로 향했다. 올렌카는 남편을 멀리 떠나 보낸 뒤 잠을 제대로 이루지 못했다. 언제나 창가에 앉아 밤하늘의 별을 바라보았다. 그녀는 문득 자신의 신세가 수탉이 없으면 불안해하며 밤새 자지 못하는 암탉과 비슷하다는 생각을 했다.

쿠킨은 모스크바에서 빈둥빈둥 지내고 있었다. 그는 부활절 무렵에는 돌아가겠다는 편지를 띄웠다. 그 편지에는 치볼리 극장에 관한 온갖 지시가 씌어 있었다.

그런데 부활절 전 일요일 밤, 늦은 시각에 별안간 대문간에서 불길한 노크 소리가 울렸다. 누군가가 마치 빈 통이라도 두드리듯 둥! 둥! 둥! 하고 대문을 세차게 두드려 댔다. 가정부가 졸린 눈으로 물웅덩이를 첨벙거리면서 문을 열러 뛰어나갔다.

"문 좀 열어 주세요!"

대문 밖에서 누군가가 투박한 목소리로 말했다.

"전보입니다!"

올렌카는 전에도 남편에게서 전보를 받은 일이 있었지만, 이번에는 왠지 섬뜩한 느낌이 온몸을 훑었다. 그래서 떨리는 손으로 전보를 허겁지겁 뜯었다. 그녀는 다음과 같은 글을 단숨에 읽어 내려갔다.

이반 페트로비치 오늘 급사. 화장장에서 대기 중이며, 화요일에 장례 절차 진행 예정.

그 전보에는 '장례'라는 말이 버젓이 적혀 있는 데다 '급사' 따위의 무슨 뜻인지도 모를 말까지 섞여 있었다. 그리고 맨 끝에 오페라 극단 매니저의 서명이 있었다.

"아아, 여보!"

올렌카는 통곡을 하면서 외쳤다.

"오, 여보! 바네치카, 내 소중한 당신! 나는 어쩌자고 당신을 만났을까요? 나는 어쩌자고 당신을 만나 사랑하게 된 것일까요? 아아, 당신은 어쩌자고 나를 두고, 이 불쌍하고 불행한 올렌카를 두고 떠나간 건가요? 나는 이제 누구와 살란 말인가요……?"

쿠킨은 화요일에 모스크바의 바간코보 묘지에 묻혔다. 올렌카는 수요일에 집으로 돌아왔다. 그러곤 자기 방으로 들어가 침대에 쓰러진 뒤 대로변과 이웃집까지 들릴 만큼 큰 소리로 통곡하기 시작했다.

"아유, 불쌍해라!"

이웃 사람들은 성호를 그으면서 안쓰러워했다.

"가엾어라, 사랑스러운 올렌카. 아아, 저렇게 비통해하다니!"

그로부터 석 달이 지난 어느 날, 상복을 입은 올렌카가 깊은 슬픔에 잠긴 채 미사를 마치고 집으로 돌아오는 길이었다. 이웃에 사는 바실리 안드레이치 푸스토발로프도 역시 같은 교회에서 돌아오면서 우연히 그녀와 나란히 걷게 되었다.

그는 바바카예프라는 목재상에서 목재 창고를 관리하고 있었다. 밀짚모자를 쓰고 흰 조끼에 시계의 금줄을 늘어뜨린 모습이 꼭 장사치보다는 지주 티가 났다.

"모든 일에는 질서라는 게 있는 법이에요, 올렌카."

그는 동정 어린 목소리로 점잖게 말했다.

"설사 우리 이웃 중에 누가 죽는다고 하더라도 말이에요. 그것은 곧 신의 섭리입니다. 그럴 때 우리는 정신을 차리고 순종하며 참아내야 해요."

푸스토발로프는 올렌카를 대문 앞까지 바래다준 뒤 작별 인사를 건네고는 곧장 집으로 돌아갔다. 온종일 그녀의 귀에는 그의 차분한 목소리가 맴돌았다. 잠시만 눈을 감아도 그의 검실검실한 턱수염이 눈에 어른거렸다. 올렌카는 그가 아주 마음에 들었다.

푸스토발로프에게 올렌카 또한 깊은 인상을 준 것이 분명했다. 그로부터 며칠이 지났을 때, 그녀와 그다지 잘 알지도 못하는 중년 여자가 집으로 찾아왔다. 그 여자는 탁자에 앉기가 무섭게 푸스토발로프가 얼마나 듬직하고 좋은 사람인지 아느냐고 물었다. 그러고는 그런 사람한테라면 어떤 처자라도 기꺼이 시집을 갈 것이라느니 어쩌느니 하면서 한참 동안 칭찬을 늘어놓았다.

사흘이 더 지난 뒤에는 푸스토발로프가 직접 올렌카를 찾아왔다. 그는 그리 오래 앉아 있지는 않았다. 십 분가량 앉아 있었을 뿐이었다. 말수도 아주 적었다. 그런데도 올렌카는 푸스토발로프를 사랑하게 되었다. 그가 너무나 그리워서 밤새 잠도 못 이룬 채 열병 환자처럼 온몸을 뒤척였다.

그리하여 이튿날 아침이 되자 서둘러 그 중년 여자에게 사람을 보냈다. 얼마 후 올렌카는 푸스토발로프와 혼약을 맺고 결혼생활을 시작했다. 두 사람은 화목하게 살았다.

푸스토발로프는 대개 점심때까지 목재 창고에 앉아 있다가

장사를 하러 나갔다. 그러면 올렌카가 그를 대신해 저녁까지 사무실에 앉아 계산서를 쓰거나 단골손님에게 목재를 보냈다.

"목재 가격이 해마다 이십 퍼센트씩 오르고 있어요."

올렌카는 고객과 친지들에게 항상 이렇게 말하곤 했다.

"글쎄, 전에는 요 근방에서 목재를 가져왔는데, 이제는 모길레프까지 가서 구해 와야 해요. 그 운송비가 얼마인 줄 아세요?"

그녀는 생각만 해도 엄청나다는 듯이 두 손으로 볼을 가리며 이렇게 덧붙였다.

"운송비가 정말이지 엄청나다고요!"

올렌카는 자신이 마치 이미 오래전부터 목재상이었던 것만 같았다. 목재라는 것이 인생에서 가장 중요하고 필요한 것처럼 여겨졌다. 그리고 언젠가부터 그녀에게는 대들보니 통나무니 각재니 나무오리니 널빤지니 나무 막대기니 합판이니 피죽이니 하는 말들이 매우 친근하고 감동적으로 들렸다.

매일 밤 잠자리에 든 뒤에도 산더미처럼 쌓인 각재 더미며 산 저편 어딘가로 멀리 목재를 싣고 가는 달구지의 긴 행렬이 꿈속에 나타났다. 커다란 통나무를 실은 행렬이 밀집한 군 부대가 진군할 때와 같은 기세로 목재 창고로 돌진하는 모습, 그리고 무수히 많은 통나무와 들보와 피죽이 서로 부딪쳐 무딘 소리를 내며 우르르 쓰러졌다가 다시 부스스 일어나 저절로 잘 쌓이는 모습 등이 꿈속에서 연거푸 재생되었다.

올렌카는 그럴 때마다 꿈속에서 고함을 질렀다. 그러면 푸스토발로프가 깜짝 놀라서 그녀를 깨우며 다급히 물었다.

"여보, 올렌카! 왜 그래요? 괜찮아요? 얼른 성호를 긋고 기도를 해요!"

남편의 생각은 곧 그녀의 생각이기도 했다. 푸스토발로프가 이 방은 너무 덥다든가, 요즘은 침체기여서 장사가 안 된다든가 하고 생각하면 그녀도 똑같이 그런 생각에 빠져들었다. 그녀의 남편은 유흥을 즐기지 않아서, 명절에는 언제나 집에 틀어박혀 있었다. 올렌카도 마찬가지였다.

"당신네 부부는 언제나 집 아니면 사무실에만 들어앉아 있군요. 가끔씩 연극이나 서커스 구경이라도 다녀오면 좀 좋아요?"

이웃들이 그녀에게 말했다.

"우린 뭐……, 극장에 갈 틈이 나야 말이죠."

올렌카는 자못 점잖은 투로 말을 이었다.

"우리는 한낱 노동자인걸요. 그런 일에 시간을 보낼 여유가 없어요. 대체 연극이 뭐가 좋다는 거죠?"

푸스토발로프와 올렌카는 토요일마다 저녁 미사에 참석했고, 일요일에는 아침 미사에 갔다. 교회에서 돌아올 때는 행복한 얼굴로 어깨를 나란히 한 채 다정하게 걸었다. 두 사람에게서는 늘 향긋한 냄새가 풍겼으며, 올렌카의 비단옷은 언제나 기분 좋게 사각거렸다.

그들은 집으로 돌아오자마자 치즈와 버터, 우유를 곁들인 빵을 먹었다. 차를 마시거나 케이크를 먹을 때도 있었다. 날마다 정오가 되면 무로 만든 수프, 그리고 양과 오리를 굽는 냄새가 대문 밖까지 진동했다. 금식일에는 생선 냄새를 풍겨서 군침을 삼키지 않고는 그 집 대문 앞을 절대로 지나갈 수 없을 정도였다.

사무실에는 언제나 사모바르(러시아의 물 끓이는 주전자.)가 팔팔 끓고 있었으며, 손님들은 차와 비스킷을 대접받았다. 그들 부부는 일주일에 한 번씩 목욕탕에 갔고, 둘 다 얼굴이 불그스름하게 상기된 채 어깨를 나란히 하고서 집으로 돌아왔다.

"염려해 주신 덕분에 아무 일도 없어요. 우리는 항상 행복하게 살고 있어요. 세상 사람들이 모두 우리처럼만 산다면 얼마나 좋을까, 생각하곤 해요."

올렌카는 친지들을 향해 이렇게 말하곤 했다.

푸스토발로프가 모길레프로 목재를 사러 떠나 있는 동안이면, 그녀는 몹시 쓸쓸해하며 밤마다 잠을 이루지 못한 채 눈물로 지샜다.

남편이 집을 비운 저녁이면 이따금 작은 방에 세 들어 살고 있는 군 부대 소속의 수의사 스미르닌이 올렌카를 찾아왔다. 스미르닌은 올렌카에게 이야기를 들려주거나 함께 카드놀이를 했다. 그렇게 그는 그녀의 쓸쓸함을 달래 주었다.

스미르닌의 결혼 생활 이야기는 무척 흥미로웠다. 그는 결혼한 뒤 아들을 한 명 두었는데, 아내의 행실이 바르지 못하여 헤어졌다. 지금도 아내를 미워하긴 하지만, 아들의 양육비로 매달 40루블씩 꼬박꼬박 부쳐 주고 있다고 했다.

올렌카는 한숨을 쉬며 고개를 절레절레 저었다. 그가 가여워져서였다. 그녀는 작별 인사를 나눈 뒤 촛불을 들고 스미르닌을 배웅하면서 말했다.

"그럼 조심히 가세요. 쓸쓸함을 함께 나눠 주셔서 감사해요. 안녕히 가세요……."

올렌카는 남편처럼 점잖고 신중한 어투로 자신의 생각을 표현했다. 그러곤 수의사가 문 뒤로 사라지려는 순간, 다시 한번 그의 이름을 다급히 불렀다.

"스미르닌, 부인과 이제 화해하세요. 아드님을 봐서라도 부인을 용서하셔야죠! 어린애이긴 하지만 아마 다 이해할 거예요."

푸스토발로프가 집으로 돌아오자 올렌카는 수의사와 그의 불행한 결혼 생활에 대해서 얘기했다. 둘은 한숨을 짓고 고개를 저으며 아버지를 그리워하고 있을 어린애에 대해 오래오래 이야기했다. 그리고 나서 두 사람은 무엇엔가 이끌리듯 성상 앞으로 간 뒤, 코가 바닥에 닿도록 큰절을 하며 자신들에게 자식을 점지해 달라고 신한테 기도했다.

그 후 푸스토발로프 부부는 사랑과 화합 속에서 조용하고 평화롭게 여섯 해를 보냈다. 여섯 해가 지난 어느 겨울날이었다.

푸스토바로프는 사무실에서 따끈한 차를 마신 뒤, 목재 운반하는 일을 감독하기 위해 모자를 쓰지 않은 채 밖으로 나갔다가 감기에 걸려 몸져누웠다. 명의란 명의는 죄다 불러 진료를 받았지만 병은 점점 더 깊어 가기만 했다. 그는 넉 달을 꼬박 앓다가 결국 세상을 등지고 말았다.

올렌카는 다시 혼자가 되었다.

"아, 당신을 먼저 보내면 난 누구를 믿고 살란 말인가요?"

올렌카는 남편의 장례식이 끝나자마자 가슴 깊이 오열했다.

"이제 당신 없이 나더러 어떻게 살란 말이에요? 이 불쌍하고 불행한 나는! 여러분, 나를, 의지할 데 없는 나를 부디 가엾게 여겨 주세요……."

올렌카는 모자와 장갑도 없이 오직 검은 상복에 상중이라는 표찰만 달고 다녔다. 가끔씩 교회나 남편의 묘지를 찾는 것 외에는 바깥출입을 하지 않고 수녀처럼 집 안에 붙박이처럼 틀어박혀 살았다.

여섯 달이 지나서야 비로소 표찰을 떼고 창문의 덧문을 열었다. 이제는 아침나절이면 가정부를 데리고 장을 보러 가는 그녀의 모습이 때때로 눈에 띄기 시작했다. 그러나 올렌카가 지금 집에서 어떻게 지내고 있는지, 그녀의 집에 무슨 일이 일어나고 있는지에 대해선 짐작에 맡길 수밖에 없었다.

그러니까 그녀가 자기 집 뜰에서 수의사 스미르닌과 차를 마시고 있거나, 수의사가 올렌카에게 소리 내어 신문을 읽어 주는 모습은 그녀가 가까이 지내는 부인과 우체국에서 만났을 때 나눈 얘기로 미루어 짐작할 수 있다는 얘기다.

"우리 시에서는 규칙적으로 가축 검사를 실시하지 않아요. 그래서 온갖 질병이 돌고 있는 거예요. 많은 분들이 우유를 마시고 탈이 났다거나, 말과 소로부터 병이 옮았다는 이야기를 노상 들으면서도 말이지요. 그러니까 가축의 건강도 사람의 건강과 마찬가지로 항상 관리하고 조심해야 해요."

올렌카는 수의사가 한 말을 그대로 되풀이했다. 그리고 이제는 모든 일에 대해서 스미르닌과 똑같이 생각했다. 그녀는 사랑하는 대상 없이는 단 일 년도 살아갈 수가 없었다. 그 작은 방에서 자신의 새로운 행복을 깨달은 것이 틀림없었다.

다른 여자였다면 비난을 받을 만한 일이었다. 그러나 올렌카를 나쁘게 생각하는 사람은 아무도 없었다. 모두가 그녀의 행동을 당연하게 여겼다.

올렌카와 스미르닌은 두 사람 사이의 일을 그 누구에게도 털어놓지 않고 숨기려 애썼다. 하지만 그건 생각보다 쉬운 일이 아니었다. 올렌카는 비밀이란 게 없는 여자였다. 같은 부대의 동료들이 수의사를 찾아오면 차와 저녁 식사를 대접하면서 양과 산양, 소 등의 페스트에 대해서, 또 시의 도살장 상태에 대해서 낱낱이 이야기했다.

그때마다 스미르닌은 몹시 당황했다. 손님들이 돌아가고 나면 그녀의 손을 잡고 불평을 늘어놓았다.

"잘 알지 못하는 일에 대해 함부로 말하지 말라고 그토록 일렀건만! 수의사들끼리 말하고 있을 때는 제발 좀 참견하지 말아요. 그러다 큰일 나는 수가 있으니까!"

올렌카는 놀라움과 불안감을 감추지 못한 채 그를 빤히 바라보며 되물었다.

"그럼 나는 대체 무슨 말을 해야 하는 건데요?"

올렌카는 두 눈에 눈물을 글썽이며 그를 껴안고서 제발 화내지 말아 달라고 애원했다. 그렇게 두 사람은 행복하게 지냈다. 그러나 이 행복도 그리 오래가지는 않았다.

수의사가 부대를 따라 떠나야 했기 때문이다. 그가 속한 부대가 시베리아와 같은 벽지로 이동하면서 스미르닌도 영원히 그녀의 곁을 떠나 버렸다.

올렌카는 또다시 혼자 남았다. 이번에야말로 그녀는 완전히 외톨이가 되었다. 아버지는 벌써 오래전에 돌아가셨고, 아버지의 안락의자는 먼지를 뒤집어쓰고서 다리 하나가 망가진 채 다락에서 뒹굴고 있었다.

그녀는 몹시 야위고 볼품없어졌다. 이제는 길에서 만나는 사람들도 전처럼 그녀를 넋 놓고 쳐다보지 않았다. 미소를 지어보이는 사람도 없었다. 좋은 시절은 다 지나간 것이 분명했다.

다시는 돌아오지 않을 것이다.

이제 상상할 수도 없는 새로운 미지의 생활이 시작되었다. 저녁이면 올렌카는 현관에 우두커니 앉아 치볼리 극장에서 흘러 나오는 음악 소리며 폭죽이 터지는 소리를 멍하니 들었다. 그 소리들은 올렌카에게 아무런 감흥도 일으키지 않았다. 그저 아무런 생각도, 희망도 없이 텅 빈 마당을 망연히 바라볼 뿐이었다. 먹고 마시는 것조차 귀찮을 지경이었다.

무엇보다 심각한 일은 올렌카가 더 이상 어떤 주관도 가지고 있지 않다는 것이었다. 그녀는 주변의 온갖 대상들을 보면서, 그 어떤 것에 대해서도 자신의 생각을 정리하지 못했다. 아예 무슨 말을 해야 할지를 몰랐다. 이를테면 병 하나가 놓여 있는 것을 보거나, 하늘에서 내리는 비를 바라보거나, 농부가 달구지를 몰고 가는 것을 두 눈으로 볼 수는 있지만 무엇 때문에 그 병이 놓여 있는 것인지, 왜 비가 내리는 것인지, 농부가 어째서 달구지를 몰고 가는 것인지, 거기에 어떤 의미가 담겨 있는지 한 마디도 할 수 없었다. 누군가 1,000루블을 쥐어 준다고 하더라도 아무 대답을 할 수 없을 듯했다.

쿠킨이나 푸스토발로프, 혹은 스미르닌과 함께였을 때는 무엇이든 설명할 수 있었고, 자신의 의견을 내보일 수 있었다. 하지만 지금은 사색의 세계와 마음 깊은 곳에 그 집 마당처럼 텅 빈 공허가 생겨 버렸다.

마을은 사방으로 조금씩 확장되어 갔다. 집시촌은 이제 거리로 불렸고, 치볼리 극장과 목재 창고가 있던 자리에 새 건물이 즐비하게 늘어섰다. 그 사이로 많은 골목길이 생겨났다. 세월은 참으로 빠르게 흘렀다.

올렌카의 집은 우중충했고, 지붕은 녹슬었으며, 헛간은 기울어졌다. 마당에는 온통 잡초에다 가시가 돋은 쐐기풀이 너저분하게 자라고 있었다. 올렌카 역시 늙어서 볼품없는 모습이 되어 버렸다. 여름이면 그녀는 현관으로 나와 우두커니 앉아 있었다. 여전히 마음속이 공허하고 따분해, 마치 독을 먹은 듯한 기분이 들었다.

겨울에는 창가에 앉아 내리는 눈을 말없이 바라보았다. 봄기운이 확 닥치면서 성당의 종소리가 바람에 실려 오면, 별안간 과거의 기억이 와락 끓어오르고 심장이 달콤하게 옥죄었다. 그러면 두 눈에서 눈물이 하염없이 흘러내렸다. 그러나 그것도 한순간일 뿐, 또다시 본래의 공허로 돌아와 무엇 때문에 사는지도 불분명하게 느껴졌다.

검은 새끼 고양이 브리스카가 올렌카에게 아양을 떨며 달라붙어 가르랑거렸다. 하지만 새끼 고양이의 그런 아양도 올렌카의 마음을 움직이지는 못했다. 그런 것이 그녀에게 다 무슨 소용이 있으랴. 올렌카에게는 그녀의 존재 전체를, 영혼의 전부를, 이성의 전말을 움켜잡아 삶의 방향을 제시해 주는, 하루하루 늙어 가는 그녀의 피를 뜨겁게 만들어 주는 그런 사랑이 필요했다.

올렌카는 치맛자락에서 브리스카를 떨어뜨려 놓으면서 노여움 섞인 목소리로 말했다.

"저리 가지 못해? 저리 가……. 여기 있어 봤자 귀찮기만 해!"

그렇게 날이 지나고 해가 거듭되었다. 삶의 기쁨이나 의미라곤 전혀 찾아볼 수 없었다. 그녀는 그저 가정부 마브라가 말하는 대로 생활을 영위할 뿐이었다.

7월의 어느 무더운 저녁 날, 시내에서 기르던 가축 떼가 마당에 뽀얀 먼지를 일으키며 우르르 지나갈 무렵이었다. 갑자기 누군가가 대문을 두드렸다. 올렌카는 대문을 열기 위해 자리에서 일어섰다.

밖을 내다본 순간, 그만 정신이 아득해졌다. 대문 밖에 서 있는 사람은 머리카락이 하얗게 센 채 제복을 차려입은 수의사 스미르닌이었다.

순간 그녀의 머릿속에서 과거의 기억들이 빠르게 스쳐 지나갔다. 올렌카는 와락 울음을 터뜨리며 한 마디 말도 못 한 채 그의 가슴팍에 얼굴을 파묻었다. 얼마나 흥분했던지, 두 사람이 어떻게 집 안으로 들어와 차를 마시고 있는 것인지도 전혀 기억하지 못했다.

"내 사랑!"

올렌카는 기쁨에 떨면서 이렇게 중얼거렸다.

"스미르닌! 대체 어떻게 오신 거예요?"

그가 대답했다.

"여기에 아주 정착을 하려고 합니다. 군대를 아예 그만두고 나왔어요. 이곳에 눌러앉아 제대로 살아 보려고 찾아왔습니다. 게다가 아들놈도 중학교에 들어갈 나이여서 이제 다 컸습니다. 아내와도 화해했고요."

"그럼 아내분은 어디 계세요?"

올렌카가 물었다.

"아들놈하고 지금 여관에 있습니다. 나는 셋집을 찾고 있는 중이고요."

"어머나, 그렇다면 우리 집에서 지내세요! 우리 집이면 어때요, 네? 참, 집세는 받지 않을게요."

올렌카는 흥분을 감추지 못하고 다시 울음을 터뜨렸다.

"여기에서 사세요. 나는 작은 방 하나로도 충분해요. 세상에!"

이튿날에는 벌써 지붕에 페인트칠이 시작되었다. 어느새 벽도 하얗게 칠해졌다. 올렌카는 두 손을 허리에 짚고 마당을 이리저리 돌아다니면서 꼼꼼하게 지시를 했다. 그녀의 얼굴에 예전과 같은 미소가 빛나고 있었다. 마치 오랜 잠에서 깨어난 사람처럼 생기가 돌면서 발랄한 모습을 되찾았다.

수의사 부인이 그녀를 찾아왔다. 수의사 부인은 머리칼이 짧았고, 표정이 변덕스러웠으며, 몸은 너무 깡말라서 어딘가 못생겨 보였다. 아들 사샤도 함께 왔는데, 나이에 비해 키는 작았지만, (벌써 열세 살이었다.) 통통한 체격에 반짝이는 푸른 눈을 가졌으며, 볼에는 귀여운 보조개가 있었다.

사샤는 마당에 들어서기가 무섭게 새끼 고양이를 쫓아다녔다. 이내 쾌활하고 즐거운 웃음소리가 집 안에 울려 퍼졌다.

"아줌마, 이거 아줌마네 고양이예요?"

사샤가 올렌카에게 물었다.

"아줌마네 고양이가 새끼를 낳으면 우리한테 꼭 한 마리 주세요. 엄마가 쥐를 엄청 무서워하시거든요."

올렌카가 소년과 이야기를 나누고 차를 마시는 그 짧은 순간, 그녀의 심장이 갑자기 뜨거워지면서 뭉클해졌다. 마치 소년이 자신의 친아들인 것만 같았다.

그날 저녁에 사샤가 식탁에 앉아 학교에서 배운 것을 복습하고 있었다. 올렌카는 사랑스런 눈길로 소년의 얼굴을 지켜보다가 이렇게 속삭였다.

"어쩜 이리도 귀여울까? 아이고, 내 새끼! 어쩜 이리도 하얗고 영리하게 생겼을까?"

"사면이 바다로 둘러싸인 육지의 일부를 섬이라고 한다."

사샤가 소리 내어 책을 읽었다.

"육지의 일부를 섬이라고 한다."

올렌카는 그대로 따라 했다. 그것은 침묵과 공허로 그 많은 세월을 보낸 뒤, 처음으로 확신을 가지고 내뱉은 첫 마디였다.

올렌카는 이제 다시 자신의 의견을 갖게 되었다. 저녁을 먹으면서 사샤의 부모와 진로에 관한 이야기를 나누었다. 요즘은 중학교에서 배우는 내용이 아이들에게 여간 어려운 것이 아니었다. 그렇지만 일단 중학교를 졸업하면 앞으로 나아갈 길을 찾기가 한결 쉬웠다. 의사가 되고 싶으면 의사가 되고, 기술자가 되고 싶으면 기술자가 될 수 있었다. 실업 교육보다는 학교 교육이 더 나은 셈이었다.

사샤는 곧 중학교에 입학했다. 그의 어머니는 하리코프에 사는 누이동생을 보러 가서는 영영 돌아오지 않았다. 아버지는 날마다 어딘가로 가축을 진찰하러 나갔는데, 어떤 때는 사흘씩 집을 비울 적도 있었다.

올렌카에게는 사샤가 완전히 버려진 아이처럼 느껴졌다. 이 집에서 불필요한 존재처럼 살다가 한순간에 굶어 죽을 것만 같았다. 그래서 사샤를 아예 안채로 데려와 아담하게 방을 하나 꾸며 주었다.

사샤가 안채에서 산 지도 어느덧 반년이 넘게 흘렀다. 올렌카는 아침마다 사샤의 방으로 건너갔다. 사샤는 한 손을 얼굴에

엎은 채 쿨쿨 자고 있었다. 차마 잠을 깨우기가 안쓰러웠다.

"사샤."

올렌카는 나직한 목소리로 이름을 불렀다.

"자, 그만 일어나자! 학교에 갈 시각이야."

사샤는 침상에서 일어나 옷을 입고 기도를 드린 다음 식탁에 앉았다. 차를 석 잔 들이킨 다음에 커다란 비스킷을 두 개, 버터를 바른 바게트 빵 반 개를 먹어 치웠다. 아직 잠이 완전히 깨지 않아 기분이 몹시 언짢은 듯했다.

"얘, 사샤! 아직 동화 암송 숙제를 다 못 했잖니?"

올렌카가 조심스럽게 말했다. 그러곤 마치 먼 길을 떠나는 사람을 대하듯 사샤의 얼굴을 찬찬히 살펴보았다.

"정말 걱정이구나. 자, 부지런히 공부해야 하는 거야! 선생님 말씀도 잘 듣고."

"아, 제발 좀 내버려 둬요!"

사샤가 짜증을 냈다. 그러고 나서 커다란 모자를 쓰고는 가방을 등에 멘 채 조그만 몸을 흔들면서 한길로 나가 학교 쪽으로 걸어갔다. 올렌카는 그 뒤를 조심조심 따라갔다.

"사샤!"

그녀가 부르자 사샤가 뒤를 홱 돌아봤다. 그러면 올렌카는 소년의 손에 대추나 캐러멜을 가득 쥐여 주었다. 학교가 보이는 골목길로 접어들면, 사샤는 키가 크고 뚱뚱한 여자가 자기를 따라오는 것이 부끄럽게 여겨졌다. 그래서 뒤를 돌아보며 이렇게 말했다.

"아주머니, 그만 집으로 돌아가세요. 이제 나 혼자서 갈 테니까."

올렌카는 거기에서 걸음을 멈추고 사샤가 교문 안으로 사라질 때까지 눈도 깜박이지 않고 뚫어지게 지켜보았다. 아, 그녀는 얼마나 소년을 사랑하고 있는가! 지금까지 한 번도 이처럼 깊게 사랑에 빠진 적은 없었다. 모성애가 활활 불타고 있는 그녀는 지금처럼 아무런 욕심이 없었던 적이 없었다. 이토록 헌신적으로 기쁨에 빠져 본 적도 없었다.

피 한 방울 섞이지 않은 이 소년을 위해, 두 볼의 귀여운 보조개를 위해, 소년이 쓰고 있는 중학교 모자를 위해 올렌카는 자신의 모든 것을 바칠 수 있을 듯했다. 기꺼이 감동의 눈물로 바칠 수 있으리라. 왜냐고? 그 이유를 누가 설명할 수 있으랴!

사샤를 중학교에 바래다주고 난 뒤, 올렌카는 만족스러운 나머지 애정이 넘쳐서 매우 평온한 기분으로 집에 돌아왔다. 요 반년 동안 확연히 젊어진 그녀의 얼굴은 미소로 환히 빛났다.

길에서 만난 사람들은 올렌카의 얼굴을 보고 너나없이 안도하며 말을 걸었다.

"안녕하세요, 올렌카 아주머니! 요즘 어떻게 지내세요?"

"요즘은 중학교에서 배우는 것이 여간 어렵지 않아요."

올렌카는 시장에서 만난 사람들에게 이렇게 말하곤 했다.

"정말이지 농담이 아니에요. 어제만 해도 1학년인데 동화 암송에다 라틴어 번역에다……. 그리고 또 한 가지, 무척 어려운 숙제가 나왔지 뭐예요……? 아니, 그건 아직 어린 아이들에게 너무 무리한 숙제예요."

올렌카는 사샤가 학교 선생님들과 수업, 그리고 교과서에 대해서 말했던 것과 똑같은 말을 늘어놓기 시작했다.

오후 두세 시쯤 되면 두 사람은 함께 점심을 먹었다. 저녁에는 학교 숙제를 같이하면서 진땀을 뺐다. 그녀는 사샤를 침상에 눕히면서 오랫동안 성호를 긋고 기도를 올렸다.

그러곤 자기도 잠자리에 들면서, 사샤가 학교를 졸업하고 난 뒤 의사나 기술자가 되어 커다란 집이며 말이며 마차를 가지는 모습을 상상했다. 예쁜 아내를 맞이하고 귀여운 자식을 두는 아득히 먼 미래를 그려 보기도 했다.

올렌카는 늘 똑같은 상상을 반복하다가 잠이 들었다. 그러면 두 눈에서 눈물이 볼을 따라 주르륵 흘러내렸다. 검은 고양이는 그녀의 옆구리에 웅크리고 누워 연신 가르랑거렸다.

"야옹…… 야옹…… 야옹……."

그러던 어느 날 밤, 별안간 대문을 세차게 두드리는 소리가 났다. 잠에서 화들짝 깨어난 올렌카는 두려움으로 숨도 쉬지 못했다. 그녀의 심장이 거세게 뛰었다. 삼십 초쯤 지나자 또다시 문을 쾅쾅 두드리는 소리가 났다.

'이건 분명 하리코프에서 온 전보일 거야.'

그녀는 온몸을 발발 떨며 생각했다.

'사샤 어머니가 저 아이를 자기한테 보내라는 내용이 적혀 있을 게 분명해……. 아, 이를 어째!'

올렌카는 절망에 빠졌다. 머리와 발과 손이 순식간에 싸늘해졌다. 자기보다 불행한 사람은 이 세상 천지에 단 한 사람도 없을 것 같았다. 다시 일이 분이 지났다.

곧이어 낯익은 목소리가 들려왔다. 스미르닌이 술집에서 늦도록 놀다가 이제야 집으로 돌아온 것이었다.

'아, 하느님, 감사합니다!'

옥죄었던 심장이 조금씩 풀리더니 다시 가벼워졌다. 올렌카는 마음을 놓고 침상에 누워 사샤를 떠올렸다. 사샤는 옆방에서 쿨쿨 자고 있었다. 가끔씩 잠꼬대를 하면서.

"저리 꺼져! 당장 혼을 내줄 테다! 절대 가만두지 않을 거야!"

제 5 편

개를 데리고 다니는 여인

1

해변가에 새로운 얼굴이 나타났다는 이야기가 돌았다. 다들 그 사람을 '개를 데리고 다니는 여인'이라고 불렀다. 얄타(크림 반도 남단에 있는 흑해의 항구 도시이자 휴양지.)에서 벌써 두 주째 지내며, 이곳에 제법 익숙해진 드미트리 드미트리치 구로프 역시 새로운 얼굴에 흥미를 갖기 시작했다.

그는 베르네 찻집에 앉아 해변가를 따라 걷는 젊은 여인을 물끄러미 바라보고 있었다. 키가 자그마한 금발의 여인으로 머리에 베레모를 쓰고 있었다. 그녀 뒤로 하얀 스피츠가 졸졸 따라

다녔다.

그 후에도 구로프는 시립 공원과 마을 공원에서 하루에도 몇 차례씩 그녀와 마주쳤다. 그녀는 항상 똑같은 베레모를 쓴 채로 흰 스피츠와 함께 산책을 나왔다. 아무도 그녀가 누구인지 몰랐다. 그저 개를 데리고 다니는 여인이라고만 불렀다.

'만일 그 여인이 남편이나 지인 없이 여기에 혼자 있는 거라면, 그녀와 가까이 지내는 것도 그리 나쁘진 않겠는걸.'

구로프는 속으로 생각했다.

그는 아직 채 마흔 살도 되지 않았지만, 열두 살 된 딸과 중학교에 다니는 아들이 둘 있었다. 대학교 2학년 때 결혼을 했던 터라, 지금 아내의 모습은 그 시절보다 갑절은 더 나이가 들어 보였다. 아내는 키가 컸고 눈썹이 짙었다. 꼿꼿하고 도도하고 점잖······. 자신의 표현대로 하면, 한마디로 지적인 여자였다. 그동안 수많은 책을 읽었고, 편지를 쓸 때도 맞춤법을 철저히 따랐으며, 남편을 드미트리라고 하지 않고 디미트리('드미트리'의 서구식 발음.)라고 불렀다.

하지만 구로프는 마음속으로 아내를 천박하고 속이 좁은 여자라고 여기고 있었기에, 집에 오래 머무는 것을 그다지 좋아하지 않았다. 사실은 오래전부터 바람을 피워 왔다. 심지어 여자도 여러 번 바뀌었다. 그래서인지 여자들에 대해 자주 욕을 퍼붓곤 했다.

그가 있는 자리에서 여자들에 대한 얘기가 나오면 늘 이렇게 말했다.

"그들은 저급한 인종입니다!"

그동안 많은 여자들을 경험했던 터라, 그들에 대해 어떤 말을 해도 괜찮다고 생각했다. 하지만 정작 이 저급한 인종 없이는 단 이틀도 살아갈 수가 없었다. 남자들만의 모임에서는 따분하고 지겨워서 곤혹스러운 나머지, 말수가 눈에 띄게 줄어들었다. 한마디로 냉담한 태도를 보였다. 그러나 여자들 사이에 끼어 있으면 마음이 편안해지면서 무슨 말을 해야 하고, 또 어떻게 처신해야 하는지 매우 잘 알아챘다. 심지어 말없이 묵묵히 있을 때도 마음이 한없이 안락했다.

구로프의 용모며 성격, 즉 그가 타고난 것들에는 뭔가 모르게 사람을 끌어당기는 묘한 힘이 있었다. 그것이 여자들의 관심을 끌고 또 매료시켰다. 그는 그것을 너무나 잘 알고 있었다. 어떤 힘이 여자들의 관심을 끌게 하는지도 훤히 꿰뚫었다.

남녀가 호감을 가지고 서로에게 접근하는 일은 삶의 단조로움을 아주 기분 좋게 깨뜨려 준다. 때로는 유쾌한 모험이라도 하는 양 대수롭지 않게 여기기도 한다. 하지만 착실한 사람들, 특히 결단력이 부족해 굼뜨게 움직이는 모스크바 사람들의 경우에는 스스로를 옴짝달싹 못 하게 옭아매어 복잡하고 난감한 상황에 빠뜨리기 십상이다.

그는 이런 쓰라린 경험을 몇 차례 겪은 터라, 이 사실을 이미 오래전부터 익히 알고 있었다. 그런데도 관심을 끄는 여자들을 만나면 어찌 된 것인지 그동안의 경험이 기억에서 쏙 빠져나가 버리고, 모든 것이 그저 단순하고 흥미롭게 바뀌었다.

어느 날 저녁, 구로프가 공원에서 점심을 먹고 있을 때였다. 베레모를 쓴 여인이 옆 테이블에 앉으려고 다가오고 있었다. 그녀의 표정과 걸음걸이, 옷차림, 머리 모양 등에서 점잖은 신분이라는 것과 유부녀라는 사실이 단박에 드러났다. 얄타에는 처음 온 듯하며, 혼자서 몹시 따분해하고 있는 듯이 보였다.

이 마을의 건전하지 못한 풍토를 둘러싼 이야기들 속에는 사실이 아닌 것이 꽤 많았다. 그는 그런 거짓들을 경멸했다. 그런 이야기의 대부분은 죄를 짓고 싶어 하는 사람들이 일부러 지어낸 것일 터였다.

그 여인이 세 발짝가량 떨어진 테이블에 자리를 잡아 앉았을 때, 구로프는 문득 누군가 한 여인을 손쉽게 유혹한 뒤 함께 산행을 떠났다고 한 이야기가 떠올랐다. 한순간의 인연······. 이름도 성도 모르는 미지의 여인과의 로맨스에 대한 유혹적인 상념이 불현듯 그를 사로잡았다.

그는 짐짓 스피츠에게 상냥하게 손짓을 했다. 스피츠가 가까이 다가오자 손가락을 재빨리 움직여 위협적인 시늉을 했다. 스피츠는 격렬하게 반응하며 으르렁거렸다. 구로프는 손가락을 짐짓 이리저리 놀리며 또다시 위협했다.

여인은 그를 힐끗 쳐다보다가 이내 시선을 아래로 떨구었다.

"물지는 않아요."

그녀가 얼굴을 붉히며 다소곳이 말했다.

"뼈다귀를 주어도 괜찮겠습니까?"

그녀가 고개를 끄덕이자 그는 자못 붙임성 있게 말을 걸었다.

"얄타에 오신 지는 얼마나 되셨습니까?"

"닷새쯤 됐나 봐요."

"나는 두 주째 여기서 지내고 있습니다."

두 사람 사이에 잠시 침묵이 흘렀다.

"여기서는 시간이 참 빨리 가는 듯하면서도 무척 지루하네요!"

그녀는 그의 얼굴을 보지 않고 말했다.

"여기가 무척 지루하다는 건 다들 하는 말이죠. 벨료프나 지즈드라(두 곳 모두 러시아 중부에 있는 도시.) 같은 곳에 사는 사람도 정작 자기네 집에서는 지루해하지 않으면서, 이곳에 와서는 "아아, 지루해! 아아, 이 먼지!"라며 푸념을 내뱉기 일쑤죠. 뭐, 자기가 그라나다(스페인 남부 안달루시아의 도시.)에서 오기라도 한 것처럼 말입니다."

그녀가 갑자기 웃음을 터뜨렸다. 그러곤 두 사람은 생면부지인 사람들처럼 묵묵히 식사를 했다. 식사가 끝난 뒤, 두 사람은 나란히 걷기 시작했다. 어디를 가든 무슨 말을 하든 허물이 없었다. 이내 만족스러운 표정으로 장난기 섞인 대화가 이어졌다.

나란히 산책을 하면서 바닷물에 어릿거리는 오묘한 빛깔의 빛살에 대해 이야기를 나누었다. 바닷물은 아주 부드러운 라일락 빛을 띠었다. 수면으로 쏟아지는 달빛이 한 줄기 금빛 띠를 이루었다. 두 사람은 아주 무더운 날 해가 진 뒤에 이어지는 숨 막힐 듯한 더위에 대해서도 이야기했다.

구로프는 자신이 모스크바 출신으로, 대학에서 상경 계열을 전공한 후 은행에서 근무하고 있다고 말했다. 한때는 민간 오페라단에서 가수로 활동하려고 준비했으나 결국엔 포기했다는 것과 모스크바에 집을 두 채 가지고 있다는 것도 밝혔다.

잠시 후 그는 그녀가 페테르부르크에서 자랐으나 C시에 사는 남자와 결혼한 뒤, 그곳에서 두 해째 살고 있다는 사실을 알았다. 얄타에서는 한 달쯤 더 머무를 예정이라고 했다. 그녀의 남편 또한 쉬고 싶은 마음에 이곳으로 뒤따라올지도 모른다는 말을 덧붙였다. 그녀는 남편이 어디에서 근무하고 있는지 명확하게 설명하지 못했다. 그 모습이 스스로도 아주 우습다는 듯한 표정을 지었다. 그녀의 이름은 안나 세르게예브나였다.

구로프는 내일도 틀림없이 호텔에서 그녀와 마주치리라고 예상했다. 분명 그럴 터였다. 잠자리에 들려는 순간, 그녀가 얼마 전까지만 해도 지금 자신의 딸처럼 공부를 하는 학생 신분이었다는 사실이 떠올랐다.

낯선 남자와 대화를 나누는 그녀의 미소 속에서 약간의 수줍음과 어색함이 느껴졌다. 그녀도 충분히 짐작할 수 있는 비밀스러운 목적을 품은 채 뒤따라 다니며 말을 걸었기 때문일 것이다.

그는 그녀의 가냘픈 목덜미와 아름다운 잿빛 눈을 다시금 떠올렸다.

'그녀에게는 뭔가 애잔한 구석이 있어.'

구로프는 이렇게 생각하고는 곧 잠자리에 들었다.

2

서로 알게 된 지 일주일쯤 지났을 때 바야흐로 휴일이 찾아왔다. 호텔 방은 몹시 무더웠다. 길 한쪽에서는 회오리바람이 흙먼지를 싣고 사방으로 흩날렸다. 모자가 바람에 벗겨져 휙 날아갈 지경이었다.

구로프는 온종일 목이 말랐다. 찻집에 자주 들러 안나에게 시럽을 탄 물이나 아이스크림을 권하곤 했다. 따로 갈 만 한 곳이 마땅치 않기도 했다.

저녁이 되어서야 바람이 한풀 잦아들었다. 그들은 증기선이 들어오는 것을 보기 위해 부둣가로 나갔다. 부두는 사람들로 북

적였다. 누군가를 마중 나온 듯 손에 꽃다발을 들고 있는 사람들이 꽤 많았다. 화려하게 차려입은 얄타 사람들의 특징 두 가지가 눈에 띄었다. 나이 든 여인들이 젊은 부인들마냥 옷을 차려입은 것과 이 지역에는 장군들이 유난히 많다는 것이었다.

증기선은 세찬 파도에 떠밀리다 해가 지고 나서야 겨우 들어왔다. 부두에 배를 대기 위해 여러 차례 방향을 바꾸었다. 안나는 아는 사람을 찾고 있기라도 한 듯이 손잡이 안경 너머로 증기선과 선객들을 낱낱이 살펴보았다. 그러다가도 구로프를 힐끔 돌아볼 때면 두 눈이 영롱하게 반짝였다. 그녀는 수다스럽게 이것저것 물어놓고선 자신이 질문을 던진 사실 자체를 까맣게 잊어버렸다. 그러다 한순간 군중에게 휩쓸려 손잡이 안경을 잃어버리고 말았다.

화려하게 차려입은 군중이 이리저리 흩어지면서 인적이 차츰차츰 뜸해졌다. 바람도 점점 잦아들었다. 구로프와 안나는 누군가 또 증기선에서 내리기를 기다리는 듯 그 자리에 한참을 더 서 있었다. 그녀는 이제 구로프를 돌아보지 않은 채 말없이 꽃향기만 맡았다.

"저녁이 되니까 날씨가 조금 나아지는군요. 슬슬 다른 데로 가 볼까요? 드라이브를 하는 건 어때요?"

그가 말했다. 하지만 안나는 아무 대답도 하지 않았다.

그 순간, 구로프는 그녀의 얼굴을 가만히 쳐다보다가 와락 껴안고는 입술에 키스를 했다. 꽃향기와 촉촉함이 동시에 느껴졌다. 그는 혹시라도 누가 본 게 아닌지 염려스러워서 곧바로 주위를 두리번거렸다.

"당신 숙소로 갑시다."

그가 나직이 속삭였다. 둘은 빠르게 걷기 시작했다.

그녀의 호텔 방은 몹시 무더웠다. 안나가 일본인 가게에서 산 향수 냄새가 진하게 풍겨 왔다. 구로프는 그녀의 얼굴을 바라보면서 '인생에는 별의별 만남이 다 있군!' 하고 잠깐 생각했다.

그는 오래전 기억을 더듬었다. 비록 짧은 순간이었지만, 사랑의 즐거움에 취한 채 그런 행복감을 안겨 준 그에게 감사하던 마음씨 착한 여자들이 있었다. 반면에 그의 아내처럼 쓸데없이 수다를 늘어놓을 뿐 온화한 구석이라곤 전혀 없이 까칠한 여자들도 있었다. 그들은 마치 사랑 혹은 정열이라 부르는 것들보다 자신이 더 대단한 존재라도 되는 듯한 표정을 짓곤 했다. 더러는 매우 아름답고 쌀쌀맞으면서도 얼굴에 교활한 표정을 번뜩이며, 인생이 줄 수 있는 것보다 더 많은 것을 움켜쥐려는 욕망을 드러내는 여자들도 있었다.

그들은 이제 더는 젊지 않은 데다 변덕스럽고 무분별하고 고압적이었다. 딱히 머리도 좋지 않았다. 구로프의 사랑이 식을 즈음이면 으레 그녀들의 아름다움이 증오로 바뀌었다. 그때는 그녀들의 속옷 레이스조차도 비늘처럼 징그럽게 느껴졌다.

그런데 지금 여기에는 덜 여문 젊음의 수줍음과 어색함, 서투른 감정을 지닌 여인이 앉아 있었다. 마치 누가 갑작스레 방문을 두드려서 몹시 당혹스러워하는 듯한 인상을 풍겼다. 안나 세르게예브나, 이 '개를 데리고 다니는 여인'은 자신의 타락을 아주 진지한 얼굴로 받아들였다.

구로프는 그것이 자못 이상하게 여겨졌다. 그녀의 생각에 동의할 마음도 없었다. 어느 사이엔가 그녀의 얼굴은 발랄함을 잃고 말았다. 얼굴 양쪽으로 긴 머리카락이 슬프게 늘어져 있었으며, 언제인가부터 우울한 표정으로 생각에 잠기곤 했다. 마치 옛날 그림 속의 죄를 지은 여자처럼.

그녀가 입을 열었다.

"왠지 즐겁지가 않아요. 당신은 더 이상 저를 존중하지 않을 거예요."

방 안의 테이블 위에 수박이 놓여 있었다. 구로프는 수박 한 조각을 집어 천천히 먹기 시작했다. 침묵 속에서 그렇게 삼십 분이 지나갔다.

안나는 언제나 그에게 감동적이었다. 그녀에게서는 세상에 물들지 않은 여자의 청결함이 느껴졌다. 테이블 위에서 타고 있는 촛불이 그녀의 얼굴을 흐릿하게 비추었다. 그녀의 기분이 썩 좋지 않아 보였다.

"내가 왜 당신을 존중하지 않을 거라고 하는 거죠? 당신은 지금 본인이 무슨 말을 하고 있는지 스스로도 모르고 있어요."

구로프가 물었다.

"신께서 용서해 주시기를!"

그녀가 말했다. 그녀의 두 눈에 눈물이 고였다.

"정말로 끔찍한 일이에요."

"마치 스스로에게 변명을 하고 있는 것 같군요."

"내가 무어라 변명을 할 수 있겠어요? 나는 못되고 비천한 여자예요. 나 자신을 경멸해요. 하지만 변명 따윈 하고 싶지 않아요. 나는 남편을 속인 것이 아니라 나 자신을 속이고 있어요. 지금뿐만 아니라 이미 오래전부터 속여 왔지요. 남편은 어쩌면 정직한 사람일지도 몰라요. 하지만 그 사람은 그저 하인일 뿐이에요! 나는 그 사람이 직장에서 무슨 일을 하고 있는지 모르지만, 하인과 다름없다는 것만은 분명하게 알고 있지요. 내가 그 사람과 결혼한 것은 스무 살 때였어요. 그때는 호기심으로 안달이나 있었지요. 무엇인가 더 나은 일을 하고 싶었거든요. 분명 지금과는 다른 삶이 있을 거라고 생각했으니까요. 인생을 즐기고 싶었어요. 아니, 사실은 살고 싶었어요! 다른 삶을 살고 싶었다고 해야 하나? 그땐 호기심이 나를 온통 불태웠어요……. 당신은 몰라요. 하지만 하늘을 두고 맹세컨대, 나는 더 이상 나 자신을 어찌할 수 없었어요. 그래서 남편에게는 아프다고 말하고 이곳으로 온 거예요……. 여기에서도 일산화탄소에 중독된 것처럼, 흡사 미친 여자처럼 몇 날 며칠을 배회했지요……. 그러다가 이렇게 누가 뭐래도 할 말이 없는 나쁜 여자가 돼 버린 거예요."

구로프는 그녀의 이야기를 듣다가 불쑥 싫증이 났다. 천진난만한 말투와 예기치 않은 뉘우침이 그의 신경을 불쾌하게 자극했기 때문이다. 만약 그녀의 두 눈에 눈물이 없었다면, 지금 농담을 하고 있거나 연극을 하고 있다고 생각했을 것이다.

그가 나직이 중얼거렸다.

"난 도무지 모르겠군요. 도대체 당신이 무엇을 바라는지 말입니다."

그녀는 그의 가슴팍에 얼굴을 묻고는 이렇게 말했다.

"믿어 주세요. 믿어 주세요, 제발……. 나는 정직하고 깨끗한 삶을 좋아해요. 죄를 짓는 것은 싫어요. 지금 내가 무슨 짓을 하고 있는지 나 자신도 모르겠어요. 흔히들 귀신에 홀렸다고들 말하던데, 내가 지금 꼭 그 짝이에요."

"그만, 이제 그만……."

구로프는 그녀의 놀란 눈을 쳐다보며 살며시 입을 맞추고는 나직하게 말했다. 그러자 그녀는 마음을 조금씩 가라앉히며 쾌활함을 서서히 되찾았다. 두 사람은 서로를 바라보며 미소를 지었다.

이윽고 그들이 밖으로 나왔을 때, 해변가에는 아무도 없었다.

측백나무로 둘러싸인 마을은 완전히 죽은 듯한 모습이었다. 그러나 바다는 아직도 철썩철썩 파도 소리를 내면서 모래밭을 때리고 있었다. 거룻배 한 척이 파도를 타며 흔들렸는데, 그 위에서 등불이 졸기라도 하는 것마냥 드문드문 깜박거렸다.

두 사람은 마차를 타고 오레안다(얄타의 서남쪽으로부터 약 3.9 킬로미터쯤 떨어진 곳에 있는 공원.)로 향했다.

"나는 방금 아래층 현관에서 당신의 성을 알게 되었어요. 칠판에 폰 디데리츠라고 쓰여 있더군요. 혹시 당신 남편은 독일인인가요?"

구로프가 물었다.

"아니에요, 그의 할아버지가 독일인이었던 것 같아요. 남편은 러시아 정교회 신자예요."

오레안다에 도착한 두 사람은 교회에서 멀지 않은 벤치에 앉아 말없이 바다를 내려다보았다. 아침 안개를 머금은 얄타가 저 멀리서 어슴푸레하게 보였다. 산마루에는 흰 구름이 꼼짝도 하지 않은 채 걸려 있었다. 나뭇잎들은 미동도 하지 않았지만, 매미는 매우 시끄럽게 울어 댔다. 아래쪽에서 실려 오는 바다의 단조롭고 무딘 소리는 마치 우리가 기다리고 있는 영원한 잠에 대해 말하고 있는 듯 한없이 고즈넉했다.

아직 얄타나 오레안다가 존재하지 않았을 때에도 바다는 지금처럼 저 아래에서 술렁거렸을 것이다. 지금도 여전히 술렁거리고 있으며, 우리가 사라진 뒤에도 저렇듯 무심하게 술렁거릴 터이다.

어쩌면 이 불변성 속에, 우리 한 사람 한 사람의 삶과 죽음에 대해 완전한 무관심 속에, 우리의 영원한 구원과 지상에서의 움직임, 그리고 완성의 견고한 열쇠가 숨어 있을지도 모른다.

이 새벽녘에 젊고 아름다운 여자와 나란히 앉아, 바다며 산이며 구름이며 넓은 바다며 동화 같은 정경을 바라보노라니 괜스레 마음이 차분해지면서 황홀해졌다. 구로프는 사실 잘 생각해보면 이 세상 모든 것이 꽤 아름답다고 생각했다. 삶의 고상한 목적과 인간으로서의 품위를 잊은 채 나오는 생각이나 행동을 제외하고서 말이다.

누군가가 다가와(틀림없이 경비원이리라.) 그들을 힐끗 살피더니 그대로 떠났다. 이렇게 세세한 것까지도 아주 신비롭고 아름답게 여겨졌다. 페오도시야(크림반도 남쪽에 있는 항구 도시.)에서 증기선이 들어오는 것이 보였다. 아침노을 빛이 밝아서인지 배의 등불이 아예 꺼져 있었다.

"풀잎에 이슬이 내려앉았어요."

안나가 침묵을 깨며 말했다.

"그렇군요. 돌아갈 때가 됐어요."

그들은 곧 시내로 돌아왔다.

그들은 매일 한낮이면 해변가에서 만나 가볍게 점심을 먹었다. 저녁을 먹은 뒤에는 산책을 하다가 넋을 놓고 바다를 바라보곤 했다. 안나는 잠을 잘 못 잔다는 둥, 심장이 불안하게 뛴다는 둥 하면서 하소연을 늘어놓았다. 그러다 난데없이 그가 자기를 존중하지 않는다며 질투심과 공포심을 공공연하게 드러내기도 했다.

그럴 때면 구로프는 근처에 아무도 없다는 걸 확인한 뒤, 그녀를 끌어안고 뜨겁게 키스를 퍼부었다. 완전한 무위……. 누가 보지 않을까 두려워서 연신 주변을 두리번거리면서도 입맞춤을 멈추지는 않았다. 무더위, 바다 냄새, 끊임없이 눈앞에서 아른거리는 한가한 사람들, 이 모든 것들이 그를 완전히 바꾸어 버린 것 같았다.

그는 안나를 향해서 말끝마다 참으로 아름답고 매력적이라고 말했다. 그만큼 뜨거운 정열로 불타올라 그녀에게서 한 발짝도 떨어지려 하지 않았다. 하지만 그녀는 자주 깊은 생각에 잠겼다. 그가 자신을 존경하지 않고, 조금도 사랑하지 않는다고 우겼다. 그녀 안의 천덕스러운 여자만 보고 있을 뿐이라고 말하면서 그것을 순순히 인정하라고 졸라 댔다.

그들은 거의 매일 저녁 느지막이 마차를 잡아타고 교외에 있는 오레안다나 폭포로 가곤 했다. 나들이는 매번 훌륭했고, 또 아름다웠다.

그들은 안나의 남편이 오기를 기다렸다. 그런데 어느 날, 그로부터 편지가 왔다. 눈병을 앓고 있다고 하면서 그녀더러 집으로 돌아오라고 청했다.

안나는 갑자기 서두르기 시작했다.

"내가 이곳을 떠나게 된 것은 아주 잘된 일이에요. 그런 게 바로 운명이라는 거죠."

안나는 구로프에게 이렇게 말하고는 마차에 덥석 올랐다. 그는 말없이 배웅을 했다. 특급 열차의 두 번째 출발 신호음이 울렸을 때였다. 그녀가 간곡히 부탁했다.

"당신 얼굴을 다시 한번 보게 해 주세요……. 다시 한 번 더 보고 싶어요. 네, 그렇게요."

안나는 울고 있진 않았지만, 슬픔에 깊이 잠긴 모습이었다. 마치 병을 앓고 있는 것 같았다. 그녀의 얼굴이 가냘프게 떨렸다. 그녀가 말했다.

"당신을 오래오래 기억할게요……. 꼭 기억할 거예요. 안녕! 안녕히 계세요. 그리 나쁘게 생각하지 마세요. 우리는 이제 영원히 헤어지는 거예요. 그래야 해요. 우리는 절대 만나서는 안 됐어요. 그럼 부디 안녕."

기차는 서둘러 떠나 버렸고, 불빛도 이내 사라졌다. 일 분 뒤에는 그 소리조차 들리지 않았다. 흡사 그 달콤한 망각과 광기를 조금이라도 더 빨리 멎게 하려고 모두가 일부러 짜맞추기라도 한 것 같았다.

구로프는 플랫폼에 혼자 남아 저 멀리 어둠 속을 바라보면서 마치 방금 잠에서 깨어나기라도 한 듯한 기분으로 여치의 울음소리와 전깃줄의 웅웅거리는 소리를 가만히 듣고 있었다.

이것이 그의 인생에서 벌어진 또 하나의 모험 혹은 여정이었다. 그것 역시 이제는 끝이 났다. 앞으로는 그저 추억으로 남을 뿐이라고 생각했다. 그는 감동으로 벅찼고, 슬픔에 잠겼으며, 가벼운 회한을 느꼈다.

다시는 만나지 못할 그 젊은 여인이 자기와 함께 있는 동안 늘 행복하지는 않았다. 그는 어떻게든 안나에게 살갑고 친절히 대하려 노력했다. 하지만 안나에 대한 태도와 말투, 살가움 속에는 그녀보다 갑절이나 나이가 많은 사나이의 조금은 거친 오만과 가벼운 비웃음이 그림자처럼 어렴풋하게 서려 있었다.

안나는 언제나 그가 선량하고 특별하며 고상한 사람이라고 말했다. 이제 와 생각해 보면 그녀의 눈에는 그가 실제와는 다르게 비치고 있었던 것 같았다. 본의 아니게 그녀를 속이고 있었던 셈이다…….

플랫폼에는 벌써 가을 내음이 풍겼다. 바람이 몹시 찼다.

'나도 북녘으로 갈 때가 되었구나.'

구로프는 플랫폼을 벗어나면서 이렇게 생각했다.

'드디어 때가 되었어!'

3

모스크바의 집에서는 이제 모든 것이 겨울다웠다. 페치카(러시아 등의 추운 지역에서 쓰는 난방 장치.)에 불을 지피기 시작했으며, 매일 아침 아이들이 학교 갈 채비를 하며 차를 마실 때도 아직 어두워서 유모가 불을 밝혔다. 벌써 추위가 찾아온 것이다. 첫눈이 내려 첫 썰매를 타는 날, 흰 땅과 흰 지붕을 보면 괜스레 마음이 들떴다. 숨이 부드럽게 잘 쉬어지는 기분이랄까?

이 무렵에는 으레 청년 시절이 떠올랐다. 서리가 내려앉아 하얗게 변한 피나무와 자작나무에는 왠지 넉넉한 표정이 담겨 있는 듯해서, 측백나무나 종려나무보다 한결 더 친근하게 느껴졌다. 그 옆에 우두커니 서 있노라면 산이나 바다 따위를 까맣게 잊어버리곤 했다.

구로프는 어차피 모스크바 사람이었다. 그래서 춥고 화창한 날에 모스크바로 돌아왔다. 토요일 저녁에 모피 외투를 입고 따뜻한 장갑을 낀 채 페트로프카로(모스크바 중심부를 남북으로 나누는 큰길로, 번화한 상점가를 끼고 있다.)를 돌아다니며 종소리를 들을 때면, 그동안 여행을 다녀왔던 곳들이 더 이상 매력적이지 않다는 생각이 들었다. 그렇게 조금씩 모스크바의 생활에 젖어들어갔다.

하루에 세 종류의 신문을 걸근걸근 읽어 내면서도, 입으로는 모스크바 신문들은 읽지 않는 게 자신의 원칙이라고 떠들어 댔다. 그는 이제 레스토랑이며 클럽이며 만찬이며 축하연 등에서 다양한 사람들과 어울리고 싶어졌다. 언젠가부터 그의 집에 유명한 변호사나 배우들이 드나들기 시작했고, 의사 클럽에서 교수와 카드놀이를 하는 것이 즐겁게 느껴졌다. 고기 수프 일 인분도 혼자서 다 먹어 치울 수 있었다…….

그럭저럭 한 달쯤 지나면, 안나 세르게예브나에 대한 기억도 다른 여자들이 그랬듯이 안개에 싸인 채 희미해지리라고 생각했다. 감동적인 미소를 띠며 꿈속에나 나타날 줄 알았다. 그러나 한 달이 지나고 차가운 겨울이 닥쳤지만, 기억 속 안나의 모습은 마치 어제 막 헤어진 것처럼 점점 더 또렷해지기만 했다. 아니, 시간이 지날수록 그녀와의 추억이 더욱더 강렬하게 피어올랐다.

밤의 고요 속에서 예습을 하고 있는 아이들의 목소리가 서재로 실려 올 때, 어디선가 로맨스 이야기를 들었을 때, 레스토랑에서 오르간 소리가 날 때, 페치카 속에서 진눈깨비가 윙윙거리는 소리를 낼 때면 별안간 모든 기억이 선명하게 되살아났다. 그 방파제에서 있었던 일과 온통 안개로 감싸여 있던 이른 아침, 페오도시야에서 온 증기선, 달콤하고 뜨거운 입맞춤 등, 모든 것들이…….

구로프는 오랫동안 방 안을 서성이며 지난날을 회상했다. 순간순간 미소를 짓다가 추억을 넘어 공상으로 옮겨 갔다. 그의 머릿속에서 과거가 미래와 뒤섞였다.

안나 세르게예브나는 정작 꿈속에 나타나지 않았지만, 어디든 그림자처럼 뒤를 밟으며 그를 지켜보았다. 눈을 감으면 실제인 것처럼 그녀가 또렷하게 떠올랐다. 그녀는 전보다 더 예쁘고 젊고 부드러웠다. 자신도 얄타에 있을 때보다 한결 더 나아진 것 같은 기분이 들었다. 그녀는 밤마다 책장 속에서, 페치카 속에서, 방 한쪽 구석에서 그를 바라보았다. 그녀의 숨소리와 옷자락이 부드럽게 살랑거리는 소리가 들렸다. 그는 길 건너편에서 눈으로 여자들을 훑으며 행여라도 그녀와 닮은 여자가 있지나 않은지 자신도 모르게 찾아보곤 했다…….

그러는 사이, 자신의 추억을 누군가와 나누고 싶은 강한 열망이 솟구쳤다. 그러나 집에서는 그 사랑을 말할 수 없었고, 집 밖에서도 마땅한 상대가 없었다. 세입자들에게 말할 수도 없는 노릇이었다. 은행에서도 마찬가지였다.

그리고 대체 무슨 말을 한단 말인가? 안나 세르게예브나와의 관계에서 아름다운 것, 시적인 것, 교훈적인 것, 혹은 단순히 흥미로운 것이 얼마쯤이라도 있었던 것일까? 간간이 사랑에 대하여, 여자들에 대하여 어설프게 말을 꺼내 보기도 했지만, 아무도 그가 말하고자 하는 것을 짐작하지는 못했다.

다만 아내만이 짙은 눈썹을 실룩이며 이렇게 말했다.

"디미트리, 당신은 멋쟁이 역할이랑 전혀 어울리지 않아요."

어느 날 밤, 구로프는 의사 클럽에서 한 관리와 같이 밖으로 나오다가 결국 참지 못하고 이런 말을 내뱉고 말았다.

"만약에 말이오. 내가 얄타에서 아주 매혹적인 여인과 알게 되었다는 것을 당신이 안다면!"

관리는 썰매에 올라타는가 싶더니, 별안간 뒤를 돌아보며 그의 이름을 크게 불렀다.

"드미트리!"

"왜요?"

"아까 당신이 말한 게 맞았어요. 그 철갑상어, 상했더군요!"

어째선지 이런 평범한 대화가 구로프를 불현듯 성나게 만들었다. 그에게 너무나 굴욕적이며 불결한 것으로 여겨졌다. 이얼마나 야만적인 풍습이란 말인가. 뭐 저런 자들이 다 있는가! 이 얼마나 무의미한 밤인지! 이 얼마나 재미없고 평범하기 짝이 없는 나날이란 말인가! 난폭하기 그지없는 카드놀이와 폭식, 폭음, 언제나 똑같은 일상적인 대화! 한없이 쓸데없는 짓과 언제나 똑같은 것에 최고의 시간과 최상의 힘을 빼앗기고, 결국엔 꼬리와 날개가 잘린 삶이라니! 결국 어이없는 난센스만 남았다. 그렇기에 도리어 정신 병원이나 교도소에 갇혀 있는 것처럼 떠나지도, 도망칠 수도 없었다.

구로프는 밤새 잠을 자지 못하며 화를 냈다. 이튿날은 진종일 두통을 앓았다. 그 뒤로 밤마다 잠을 이루지 못한 채 침상에 앉아 줄곧 생각에 잠기거나 방 안 구석구석을 하염없이 서성였다. 자식들도 넌더리가 났고, 은행 일도 지긋지긋했으며, 그 어디에도 가고 싶지 않았다. 심지어 아무 말도 하고 싶지 않았다.

12월의 휴가 중에 그는 여행을 가려고 마음먹었다. 아내에게는 한 젊은이의 취업을 돕기 위해 페테르부르크에 다녀오겠다고 말하고는 S시로 떠났다. 무엇 때문인지는 정작 자신도 잘 몰랐다. 그저 안나 세르게예브나와 이야기를 나누고 싶었고, 할 수만 있다면 데이트를 하고 싶었다.

그는 아침에 S시에 도착하여 호텔에서 가장 좋은 방을 잡았다. 마룻바닥에는 온통 잿빛 군용 모포가 깔려 있었다. 테이블에는 먼지가 쌓여 잿빛으로 변해 버린 잉크병이 놓여 있었다. 뚜껑에는 모자를 쓴 채 한쪽 손을 들고 있는 기사상이 달려 있었는데, 어찌 된 일인지 머리가 떨어져 나가고 없었다.

잠시 후 벨보이가 와서 그가 부탁한 정보를 알려 주었다.

폰 디데리츠는 스타로 곤챠르나야 거리에서 살고 있었다. 호텔에서 그리 멀지 않은 곳이었다. 그 남자는 몹시 부유해서 자기 소유의 마차도 가지고 있었다. 시내에서는 모두가 그를 잘 알고 있다고 했다.

구로프는 스타로 곤챠르나야 거리로 가서 폰 디데리츠의 집을 알아냈다. 그 집 맞은편에는 잿빛의 긴 못이 박힌 목책이 늘어서 있었다.

'이런 담장이라면 당장이라도 도망쳐 나올 수 있겠는걸.'

구로프는 창문을 잠시 바라보았다. 그러곤 담장을 다시 보면서 이런저런 생각에 잠겼다.

오늘은 관청이 쉬는 날이니까 틀림없이 남편이 집에 있을 터였다. 결국엔 어떻든 마찬가지였다. 집에 들어가 당혹스럽게 하는 것은 실례가 되겠지? 만일 쪽지를 보낸다면 남편 손에 들어갈 확률이 높을 테고……. 그러면 모든 것이 결딴나 버릴 터였다.

가장 좋은 방법은 기회를 엿보는 것뿐이었다. 그래서 한길과 담장 근처를 서성이며 기회가 오기를 기다렸다. 거지 하나가 대문 안으로 들어가자 개들이 마구잡이로 달려들었다.

한 시간쯤 지나자 피아노 연주 소리가 들려왔다. 안나가 연주를 하고 있는 것이 분명했다. 현관문이 갑자기 열리더니 한 노파가 밖으로 나왔다. 그 뒤를 따라 눈에 익은 흰 스피츠가 뛰어나왔다. 구로프는 개의 이름을 부르고 싶었지만, 심장이 너무나 두근거린 나머지 이름이 떠오르지 않았다.

주변을 서성이던 그는 괜스레 잿빛 담장이 원망스러워졌다. 불쑥 화가 치밀었다. 그러다 문득 안나 세르게예브나가 자기를 잊어버렸을 거란 생각이 들었다. 어쩌면 이제는 다른 사내와 즐거운 시간을 보내고 있을지도 모르는 일이었다. 아침부터 저녁까지 이 저주스러운 담장을 보고 살아야 하는 젊은 여인의 처지로서는 어쩌면 지극히 자연스러운 일이라는 생각이 들었다.

그는 호텔 방으로 올라와 어찌해야 할지 모른 채 오랫동안 소파에 우두커니 앉아 있었다. 그러다 점심을 먹고 나서 한참 동안 잠을 잤다.

'이 모든 것이 얼마나 어리석고 번거로운 일인가.'

그는 잠에서 깨어난 뒤 컴컴한 창문을 우두커니 바라보며 생각에 잠겼다.

'벌써 밤이 되었군. 어쩌자고 이토록 푹 잤을까? 이 밤중에 뭘 어떻게 해야 하지?'

그는 값싼 잿빛 담요로 덮인 침상에 앉아 스스로에게 화를 내며 애를 태웠다.

'바로 여기에 개를 데리고 다니는 여인이 있다……. 모험이 있단 말이다……. 그러니 여기 앉아 기다려야지.'

아직은 이른 아침이었다. 그때 기차역에 붙여 놓은 아주 큰 글씨의 포스터가 눈에 띄었다. 〈게이샤〉라는 연극이 초연 중이었다. 그는 서둘러 극장으로 향했다.

'그녀가 초연을 보러 올지도 몰라.'

구로프는 속으로 이렇게 중얼거렸다.

극장은 그야말로 만원이었다. 지방에 있는 극장이라면 어디나 다 그렇듯 샹들리에 위로 안개가 자욱했다. 위층에 있는 관람석은 시끌벅적하게 수선스러웠다.

아직 공연이 시작되기 전이었다. 첫째 줄에는 마을의 멋쟁이들이 뒷짐을 지고 서 있었다. 도지사는 커튼 뒤에 숨은 채 두 손만 내놓고 있었고, 그 앞자리에는 모피 목도리를 두른 도지사의 딸이 앉아 있었다.

그때 막이 설핏 흔들렸다. 오케스트라가 악기의 음을 조율하기 시작했다. 관객들이 자리를 잡고 앉는 동안, 구로프는 눈을 희번덕거리며 그녀를 찾았다.

그때 마침 안나 세르게예브나가 극장 안으로 들어왔다. 그녀는 셋째 줄에 자리를 잡아 앉았다. 구로프는 그녀를 보는 순간, 심장이 마구 옥죄는 듯했다. 지금 그에게는 그녀보다 더 친근하고 귀하며 소중한 사람은 아무도 없었다. 시골 사람들 무리에 뒤섞여 들어온 이 조그만 여인, 손잡이 안경을 두 손에 들고 있는 이 여인이 지금 그의 삶을 온통 가득 채우고 있었다. 그의 슬픔이자 기쁨이었다. 그리고 지금 이 순간 그가 소망하는 유일한 행복이었다.

수준 낮은 오케스트라의 볼품없는 바이올린 소리를 들으며 그는 그녀가 얼마나 아름다운지를 생각하고 또 생각했다.

젊은 남자가 안나 세르게예브나와 나란히 앉아 있었다. 그리

길지 않은 구레나룻에 키가 아주 훤칠했다. 허리가 구부정해서 그런지, 한 발짝 뗄 때마다 그의 머리가 흔들렸다. 그 모습이 마치 끊임없이 절을 하고 있는 것 같았다. 아마도 그때 그녀가 얄타에서 괴로운 심정을 토로하면서, 하인이라는 실례된 호칭으로 불렀던 남편이리라. 실제로 그의 길쭉한 모습과 구레나룻, 작은 민머리에는 무언지 모르게 하인 같은 겸손함이 스며 있었다. 그는 연신 달콤한 미소를 지었으며, 단추 구멍에는 하인의 번호표 같은 학자 배지가 반짝이고 있었다.

첫 번째 쉬는 시간에 그녀의 남편은 담배를 피우러 나갔고, 안나는 일층 정면 일등석에 그대로 앉아 있었다. 마찬가지로 정면 일등석에 앉아 있던 구로프는 그녀에게 다가가 어색한 미소를 지으며 떨리는 목소리로 말했다.

"안녕."

안나는 그의 얼굴을 힐끔 쳐다보다가 자기 눈을 의심하는 듯 두려운 눈빛으로 다시 한번 흘끗거렸다. 그러곤 정신을 잃지 않으려는 것처럼 부채와 손잡이 안경을 두 손으로 꼭 쥐었다.

두 사람은 한동안 말이 없었다. 그녀는 꼼짝도 하지 않은 채 가만히 앉아 있었다. 당혹스러워하는 그녀의 모습에 놀란 구로프는 나란히 앉을 생각도 하지 못한 채 그저 멍하니 서 있었다. 이윽고 바이올린과 플루트를 조율하는 소리가 나기 시작했다. 순간 관람석에서 사람들이 자신들을 보고 있는 것만 같아서 두려움이 스몄다.

　바로 그때 안나가 자리에서 일어나 출구 쪽으로 빠르게 발걸음을 옮겼다. 그는 곧바로 뒤따랐다. 두 사람은 복도와 계단을 이리저리 올라갔다 내려갔다 했다. 그들의 눈앞에서 법관 제복이며 교사 제복이며 황실 직원 제복을 입은 사람들이 휘장을 단채 어른거렸다. 화려하게 차려입은 부인들과 옷걸이에 걸린 모피 외투들도 스쳐 갔다. 바람결에 설핏 담배꽁초 냄새가 실려 왔다.

　구로프는 가슴이 몹시 두근거렸다.

　'세상에! 이 사람들은 다 무슨 일이지? 이 오케스트라는 또 뭐고…….'

　그 순간, 구로프는 안나 세르게예브나를 배웅하던 날 '모두 끝났다. 이제 두 번 다시 만나는 일은 없을 것이다.'라고 혼잣말을 했던 일을 떠올렸다. 그러나 완전히 끝나기까지는 여전히 얼마나 멀고 먼 길이 남아 있는가!

　'입석 입구'라고 쓰인 좁고 음침한 계단에서 그녀가 걸음을 뚝 멈췄다.

　"어쩜 당신은 이렇게 나를 놀라게 할 수가 있죠?"

　그녀는 가쁜 숨을 몰아쉬며 힘겹게 말했다. 얼굴이 하얗게 질려 있었다.

　"어쩜 당신은 이토록 나를 놀라게 만드시는지 모르겠군요! 정말이지 어이가 없어요. 무엇 때문에 여기까지 오신 거예요? 대체 무엇 때문에?"

"이해해 주시오, 안나. 이해해 주시오……."

구로프는 작은 목소리로 서둘러 말했다.

"제발 나를 이해해 주시오……."

그녀는 공포와 애원과 애정이 뒤섞인 눈빛으로 그를 보았다. 그의 모습을 기억 속에 조금이라도 더 단단히 붙잡아 두려는 것처럼 뚫어지게 바라보았다.

"나는 정말 괴로워요!"

그녀는 그의 말을 귀에 담지 않은 채 계속 말을 이었다.

"나는 늘 당신만을 생각했어요. 당신에 대한 생각으로 살아왔다고요. 하지만 이제 그만 잊고 싶었어요. 그런데 무엇 때문에, 왜 여기까지 오신 거예요?"

위쪽 충계참에서 중학생 두 명이 담배를 피우며 이쪽을 내려다보고 있었다. 하지만 구로프는 개의치 않았다. 그는 안나를 자기 쪽으로 끌어당긴 뒤 얼굴과 볼, 손을 가리지 않고 입을 맞추었다.

"이게 무슨 짓이에요? 지금 무슨 짓을 하는 거예요?"

그녀는 깜짝 놀라 그를 밀어내면서 소리쳤다.

"우리 둘 다 미쳤어요. 떠나세요. 지금 당장 떠나요. 지금 당장……! 모든 거룩한 이름에게 빌어요, 제발요……. 사람들이 이쪽으로 오고 있어요!"

누군가가 계단 아래에서 위쪽으로 올라오고 있었다.

"당신은 당장 떠나야 해요……."

안나가 속삭이듯 다시 말했다.

"아시겠죠, 드미트리 드미트리치? 내가 곧 모스크바로 갈게
요. 나는 여기서 단 하루도 행복한 적이 없었어요. 지금도 행복
하지 않아요. 앞으로도 결코 행복하지 않을 거예요, 결코! 더 이
상 나를 괴롭히지 마세요! 맹세해요, 내가 모스크바로 갈게요.
하지만 지금은 돌아가야 해요! 내 사랑, 소중한 내 사랑……. 여
기서 이만 헤어져요!"

안나는 그의 손을 잡고 얼른 아래쪽으로 내려갔다. 연신 그를
돌아보는 그녀의 눈빛으로 미루어 보아, 실제로 행복하지 않았
던 것이 분명했다……. 구로프는 잠시 그 자리에 서서 가만히
귀를 기울였다. 이윽고 모든 것이 잠잠하게 가라앉자 옷걸이에
걸린 외투를 찾아 어깨에 걸치고서 황급히 극장을 떠났다.

4

안나 세르게예브나는 구로프를 만나러 모스크바에 왔다. 두
달이나 석 달에 한 번씩 S시를 떠나면서 남편에게는 부인병(여

성 생식 기관의 질환이나 여성 호르몬 이상으로 인한 병.)에 대해 의사와 상의하러 간다고 말했다. 남편은 믿는 둥 마는 둥 했다.

그녀는 모스크바에 당도하자마자 호텔 '슬라뱐스키 바자르'에 머물며 곧바로 구로프에게 붉은 모자를 쓴 심부름꾼을 보냈다. 구로프는 이내 그녀를 만나러 왔고, 모스크바에서는 아무도 그 사실을 몰랐다.

어느 겨울날 아침, 구로프는 안나를 찾아가는 참이었다. (심부름꾼이 전날 저녁에 그를 찾아갔지만 만나지는 못했다.) 그 전에 중학생 딸을 학교에 데려다주어야 했다. 함박눈이 펑펑 내리고 있었다.

구로프가 딸에게 말했다.

"지금 기온이 영상 3도인데도 눈이 내리는구나. 이건 지구 표면에서의 온도란다. 대기권 상층의 온도는 전혀 다르지."

"아빠, 겨울에는 왜 번개가 치지 않아요?"

그는 그 이유를 친절히 설명해 주었다. 그는 딸에게 말을 하면서도 자기가 지금 밀회를 즐기러 가고 있고, 살아 있는 사람 중의 단 한 사람도 그것을 모르고 있으며, 아마 앞으로도 절대로 모를 것이라고 생각했다.

그에게는 두 가지 생활이 있었다. 하나는 아무것도 숨기는 것 없는 떳떳한 생활이었다. 누구나 원한다면 들여다볼 수 있고 알수 있는 생활로서, 조건부의 진실과 조건부의 기만으로 가득 찬

생활이었다. 그것은 그의 지인이나 친구들의 생활과 완전히 닮아 있었다.

다른 하나는 비밀스럽게 행동하는 생활이었다. 어떤 이상하고 우연한 상황이 맞물려 그에게 흥미를 불러일으킨⋯⋯. 자기 자신의 감정을 속이지 않고 삶의 핵심을 이루고 있는 것으로서, 다른 사람들의 눈을 피해 비밀스럽게 이어 가고 있었다.

그는 거짓과 진실을 감추기 위하여 자신이 숨어 있는 가면, 이를테면 은행에서의 근무, 의사 클럽에서의 논쟁, '저급한 인종'인 아내와 각종 행사에 함께하는 것 등 숨기는 게 없는 떳떳한 삶에도 최선을 다했다.

구로프는 자신의 기준에 따라 다른 사람들을 판단했다. 눈에 보이는 것을 믿지 않았고, 사람은 누구나 어두운 밤처럼 비밀의 덮개에 가려진 진짜 생활이 별개로 있다고 생각했다. 각자 개인의 생활은 비밀로 감춰져 있다고 믿었다. 그렇기에 교양인들은 개인적인 비밀을 철저히 지키기 위해 그토록 예민하게 구는 것일지도 모른다고 여겼다.

구로프는 딸을 학교에 데려다주고 나서 '슬라뱐스키 바자르'로 향했다. 아래층에서 외투를 벗고 이층으로 올라가 조용히 문을 두드렸다.

여행과 기다림에 지친 안나는 그가 좋아하는 잿빛 옷을 입고서 어제저녁부터 눈이 빠지게 기다리고 있었다. 그녀는 웃음기

없는 창백한 얼굴로 문을 응시하고 있다가, 그가 들어서자마자 가슴팍에 와락 안겼다. 마치 오랫동안 만나지 못했던 것처럼 그들의 키스는 아주 길게 이어졌다.

"그래, 그곳 생활은 어땠어요? 뭐, 새로운 것이라도 있어요?"

그가 물었다.

"잠시만요, 기다려 줘요……. 말을 못 하겠어요."

그녀는 눈물을 흘리느라 말을 잇지 못했다. 그에게서 얼굴을 돌리고 손수건으로 눈두덩을 꾹꾹 눌렀다.

'그래, 잠시 우는 것도 괜찮겠지. 그동안 난 의자에 얌전히 앉아 있어야겠군.'

그는 안락의자에 앉았다. 이윽고 벨을 눌러 종업원에게 차를 가져오라고 일렀다. 구로프가 차를 마시는 동안, 안나는 줄곧 창 쪽으로 얼굴을 돌린 채 서 있었다. 그녀는 흥분을 누르지 못하고 하염없이 울었다. 자신들의 삶이 너무나 처량하게 느껴져서 애처로웠기 때문이다.

그들은 언제나 비밀스럽게 만나야 했다. 마치 도둑들처럼 사람들의 눈을 피한 채! 삶이 하루하루 망가져 가고 있었다.

"자, 그만!"

구로프가 말했다.

그들의 사랑이 빨리 끝나지 않을 거라는 사실은 분명했다. 사실 언제 끝날지 알 수가 없었다. 안나는 그에게 더욱더 얽매인 채 열렬히 사랑했다. 그런 그녀에게 이 모든 것을 언젠가는 끝내지 않으면 안 된다고 말하는 것은 상상도 못 할 일이었다. 물론 받아들이지도 않을 테지만.

구로프는 그녀에게 다가가 어깨를 장난스럽게 쓰다듬으며 자기 쪽으로 끌어당겼다. 그러다 거울에 비친 자신의 모습을 보았다. 머리카락이 벌써 하얗게 세기 시작했다. 요 몇 해 사이에 폭삭 늙어 버린 데다 안색까지 아주 나빠졌다.

그의 두 손이 얹혀 있는 그녀의 어깨는 매우 따뜻했다. 그는 바르르 떨고 있는 이 생명, 지금은 이렇게 따뜻하고 아름답지만 언젠가는 자신처럼 생기를 잃고 시들게 될 날이 멀지 않은 이 생명에 연민을 느꼈다. 무엇 때문에 그녀는 그를 그토록 사랑하는 것일까?

여태껏 그는 여자들에게 자신의 본모습과 다르게 비쳐져 왔다. 여자들은 그의 실제 내면을 사랑했던 것이 아니라 자신들이 상상 속에서 꾸며 낸 남자, 즉 그들의 삶 속에서 열렬히 찾아다니던 남자를 사랑하고 있었다. 시간이 지나면서 마침내 자신들의 잘못을 깨닫게 되지만, 그러고 나서도 여전히 그를 사랑했다. 그러나 단 한 명의 여자도 그와 함께 있으면서 진짜로 행복하지는 않았다.

구로프는 긴 세월 동안 여러 여자들과 가까이 지냈다가 헤어졌을 뿐, 단 한 번도 사랑한 적이 없었다. 필요한 것을 모두 가지

긴 했지만 거기에 사랑만큼은 결코 없었다.

그러다가 머리가 세기 시작한 지금에 와서야 비로소 진정한 사랑을 하게 된 것이다, 그야말로 난생처음으로.

그는 안나와 몹시 가까운 사이처럼, 마치 피를 나눈 가족처럼, 남편과 아내처럼, 정다운 벗들처럼 뜨겁게 사랑했다. 그들은 운명이 서로를 위하여 존재한다고 믿었다. 무엇 때문에 그에게는 아내가 있고 그녀에게는 남편이 있는 것인지 도무지 이해하기 어려웠다. 그것은 흡사 암수 한 쌍의 철새가 붙잡힌 채 각기 다른 새장에서 살지 않으면 안 되는 것과 같았다. 그들은 서로의 부끄러운 과거를 용서하고, 현재의 모든 것을 용서했다. 사랑이 두 사람을 그렇게 변화시켰다고 느꼈다.

이전에는 슬픈 순간이 찾아오면 머릿속에 떠오르는 온갖 구실로 자신을 달래곤 했다. 하지만 지금은 그런 생각을 할 겨를도 없이 깊은 연민을 느꼈다. 진실하고 부드러운 사람이 되고 싶었다…….

"진정해요, 내 사랑."

그가 말했다.

"그만큼 울었으면 그만 됐소……. 이제 이야기를 좀 나눠 봅시다. 무슨 방법이라도 생각해 보자고."

그들은 오랫동안 의논했다. 어떻게 해야 지금처럼 숨고 속이는 상황에서, 서로 다른 도시에서 살며 오랫동안 만나지 못하는 처지에서 빠져나올 수 있을지에 대해 이야기를 나누었다. 어떻게 하면 이처럼 견딜 수 없는 운명에서 벗어날 수 있을지…….

"어떻게 해야 하지? 어떻게?"

구로프는 자신의 머리칼을 움켜쥐면서 물었다.

"도대체 어떻게?"

조금만 더 견뎌내면 해결의 실마리가 보일 것이다. 그렇게 되면 그들은 새롭게 아름다운 생활이 시작될 것이라 믿었다. 두 사람의 끝은 아직도 멀고 멀었다. 가장 복잡하고 어려운 일은 이제 겨우 시작되고 있는 것이 분명했다.

제 6 편
다락방이 있는 집

1

육칠 년 전의 일이었다. 그때 나는 T군에 있는 벨로쿠로프라는 젊은 지주의 소유지에서 살고 있었다. 이 벨로쿠로프라는 자는 아침에는 일찍 일어나 외투를 입은 채 이리저리 쏘다녔고, 저녁에는 맥주를 마시며 자신은 어디에서든 누구한테든 동정받고 있지 못하노라고 하소연을 늘어놓곤 했다.

그는 정원의 별채에서 생활하고 있었으며, 나는 본채의 둥근 기둥이 세워진 방에서 지냈다. 그 방에는 내가 침대로 쓰는 널따란 소파와 혼자 점을 치기 위해 카드 패를 펼쳐 놓은 테이블

외에는 가구라 할 만한 것이 아무것도 없었다. 오래된 페치카에서는 윙윙거리는 소리가 연신 울렸고, 폭풍우가 내릴 때는 집 전체가 흔들려 금방이라도 산산이 무너져 내릴 것만 같았다. 특히 한밤중에 열 개의 커다란 창문으로 번갯불이 번쩍일 때는 적잖이 공포스러웠다.

나는 하는 일 없이 빈둥거리는 운명을 타고난 까닭에 그때도 아무 일을 하지 않았다. 몇 시간씩 창문 너머로 하늘이며 새들이며 가로수 길을 멀거니 바라다보았다. 그러다 우체국에서 보내온 우편물을 읽고는 스르르 잠이 들곤 했다. 가끔은 집에서 나와 저녁 늦게까지 거리를 쏘다니기도 했다.

언젠가 한번은 집으로 돌아오는 길에 나도 모르게 낯선 저택에 들어섰던 적이 있었다. 해가 기울어 가던 참이라, 이제 막 꽃이 핀 호밀밭에 저녁 그림자가 길게 드리웠다. 두 줄로 빽빽하게 심어 둔 키 큰 가문비나무들이 벽처럼 늘어서, 음침하면서도 아름다운 가로수 길이 길게 뻗어 있었다.

나는 울타리를 가뿐하게 넘은 뒤, 땅 위에 1베르쇼크(옛날 러시아의 길이 단위. 1베르쇼크는 약 4.4센티미터.)쯤 깔려 있는 가문비나무의 낙엽 위를 미끄러지듯이 걸었다. 주위는 괴괴하고 어두웠다. 가문비나무의 우듬지에 황금빛 놀이 내려앉아 거미줄에 무지개를 만들었다.

얼마 뒤 피나무 가로수 길로 접어들었다. 황폐하고 낡은 것은 마찬가지였다. 지난해 떨어진 낙엽들이 발밑에서 서글프게 바스락거렸고, 나무 사이로 거뭇한 황혼의 그림자들이 어른거렸다. 오른쪽의 오래된 과수원에서는 꾀꼬리 한 마리가 자그마한 소리로 노래하고 있었는데, 틀림없이 늙은 암컷일 듯했다.

곧 피나무 가로수 길도 끝이 났다. 이윽고 나는 테라스와 다락방이 있는 하얀 집 앞을 지나갔다. 그러자 눈앞에 마당과 수영장, 그리고 푸르른 버드나무 군락이 펼쳐졌다. 저물어 가는 햇빛을 받아 높다랗고 좁은 종루의 십자가가 붉게 물들었다. 그 건너편 마을에는 널따란 연못이 있었다. 순간 나는 마치 어렸을 때 이 광경을 본 것만 같은 황홀한 착각에 빠지고 말았다.

마당에서 들로 나오는 길에는 하얀색 돌문이 있었다. 사자상이 놓여 있는 예스럽고 묵직한 그 문 근처에 아가씨 두 명이 서 있었다. 그중 나이가 들어 보이는 여인은 풍성한 갈색 머리칼을 길게 늘어뜨리고 있었는데, 조그만 입매가 무척 고집스럽게 느껴졌다. 그렇긴 해도 새하얗고 화사한 얼굴로 봐서는 미인형에 가까웠다. 그녀는 엄격한 표정을 지은 채 나에게는 시선조차 주지 않았다.

다른 한 여인은 아직 앳된 아가씨로, 기껏해야 열일곱이나 열여덟 살쯤 되었을 것 같았다. 그녀 역시 얼굴이 화사하고 새하얬는데, 입과 눈이 자못 큰 편이었다. 내가 옆으로 지나가자 놀란 눈으로 쳐다보며 영어로 무엇인가를 말하고는 당혹스런 표정을 지었다. 나는 왠지 이 귀여운 두 여인과 오래전부터 알고 지낸 것 같은 기분이 들었다. 마치 좋은 꿈을 꾸기라도 한 듯이 즐겁게 집으로 돌아왔다.

그러고 나서 얼마 지나지 않은 어느 날, 나는 벨로쿠로프와 집 근처를 산책하고 있었다. 그때 풀잎이 바스락거리는 소리가 나더니, 그 아가씨들 중 한 사람이 타고 있는 마차가 마당으로 쓱 들어왔다.

나이가 좀 더 들어 보이던 아가씨였다. 그녀는 화재로 피해를 입은 사람들을 위해 기부금을 청하러 왔노라고 했다. 우리 얼굴을 제대로 보지도 않은 채 아주 진지한 표정으로 시야노보 마을에 불이 나서 집이 몇 채나 불타 버렸다는 말을 전했다. 그 바람에 많은 사람들이 의지할 곳을 잃었다는 것이다.

그러고는 자신이 활동하고 있는 화재민 구제 위원회에서 앞으로 어떤 활동을 할 것인지 자세히 설명했다. 우리가 서명을 하자 명부를 챙겨 들고는 이내 작별 인사를 건넸다.

"표트르 페트로비치, 당신은 우리를 완전히 잊으셨나 봐요."

그녀는 벨로쿠로프에게 한 손을 내밀면서 말했다.

"우리 집에 종종 들르세요. 그리고 무슈 N께서도(그녀는 내 성을 말했다.) 우리가 어떻게 살고 있는지 궁금하시면 언제든 찾아오셔요. 어머니와 같이 기쁘게 맞이해 드릴게요."

나는 고개를 깊이 숙여 인사했다.

그녀는 곧 떠났다. 그 뒤 벨로쿠로프는 그녀에 대한 이야기를 한참이나 떠벌였다. 아주 좋은 집안에서 태어났으며, 이름은 리디야 볼챠니노바라고 했다.

그의 말에 따르면, 그녀가 어머니와 여동생과 함께 살고 있는 소유지는 연못 건너편 기슭에 있는 마을과 마찬가지로 셀코프카라고 불렸다. 그녀의 아버지는 모스크바에서 요직에 있다가 삼등문관으로 세상을 떠났다. 재산이 꽤 넉넉한 편인데도, 볼챠니노프 집안 사람들은 여름이고 겨울이고 시골에 들어박혀 살았다.

리디야는 지금 셀코프카의 초등학교에서 교사로 일하며 급료로 한 달에 25루블을 받는다고 했다. 그녀는 그 급료로만 생활하는 것을 매우 자랑스럽게 여긴다는 것이다.

벨로쿠로프가 말을 맺었다.

"재미있는 가족이야. 뭐, 다음에 한번 찾아가 보자고. 자네가 가면 굉장히 기뻐할 걸세."

어느 휴일날 오후, 우리는 셀코프카에 있는 볼챠니노프 씨네 집을 찾았다. 어머니와 두 딸은 마침 집에 있었다. 어머니 예카테리나 파블로브나는 예전에는 꽤 미인이었던 것 같았지만, 지금은 나이에 어울리지 않게 병적으로 살이 많이 찐 모습이었다. 게다가 천식을 앓고 있어서 그런지 어딘가 침울하고 산만해 보였다. 그녀는 그림에 관한 대화로 나의 주의를 끌어 보려고 애를 썼다. 내가 셸코프카에 올지도 모른다는 소식을 딸에게 듣는 순간, 언젠가 모스크바의 전람회에서 보았던 나의 풍경화 두어 점이 떠오른 모양이었다. 그 그림들에서 무엇을 표현하려 했는지 물었다.

리디야는 나보다 벨로쿠로프와 더 많은 대화를 나누었다. 그녀는 웃음기 한 점 없는 진지한 얼굴로 벨로쿠로프에게 왜 자치회에 참여하지 않는지 물었다. 그러고는 왜 지금까지 한 번도 자치회 모임에 나오지 않았는지도 궁금해했다.

"그런 태도는 좋지 않아요, 표트르 페트로비치."

그녀는 비난하듯이 말했다.

"음, 좋지 않아요. 정말 부끄러운 일이에요."

"그래, 리디야. 맞는 말이야. 그건 좋지 않은 일이에요."

어머니가 맞장구를 쳤다.

"우리 마을의 모든 것이 발라긴의 손아귀에 들어가 있다고요."

리디야는 내 쪽으로 얼굴을 돌리며 말을 이었다.

"그는 위원회 의장인 데다가 군의 요직에 조카와 사위들을 앉혀 놓고서 제멋대로 하고 있어요. 우리는 이에 맞서야 해요. 젊은이들이 나서서 강력한 조직을 만들어야 한다고요. 당신도 보시다시피, 우리네 젊은이들의 꼬락서니가 지금 어떤가요? 한마디로 부끄러움 그 자체예요, 표트르 페트로비치."

여동생 제냐는 자치회 이야기가 계속되는 동안 줄곧 잠자코 있었다. 그녀는 어쩐지 이 진지한 대화에 끼어들고 싶어 하지 않는 것 같았다. 왠지 집안에서 아직 성인 대우를 제대로 받지 못하고 있는 듯하기도 했다.

제냐는 마치 신기한 듯이 나를 뚫어지게 쳐다보았다. 내가 사진첩을 들여다보자 손가락으로 사진을 일일이 가리키며 설명해 주었다.

"이 사람은 삼촌이고요……, 이 사람은 대부고요."

제냐는 어린아이처럼 내게 어깨를 기댔다. 나는 그녀의 아직 덜 성숙한 가슴이며 가냘픈 어깨며 기다란 머리채며 띠로 꽉 죈 가녀린 몸을 가까이에서 보았다.

우리는 크리켓과 테니스를 쳤다. 그 후 정원을 산책하고 차를 마신 뒤 오랫동안 저녁 식사를 했다. 마침내 넓고 텅 빈 홀로 나오자 벽에 복제화도 걸려 있지 않고 하인들에게 하대하지도 않는 이 작고 아늑한 집이 꽤 마음에 들었다.

리디야와 제냐 덕에 온 집안에 쾌적한 분위기와 생기가 넘쳤다. 모든 것이 질서정연했다. 저녁을 먹는 동안 리디야는 또다시 벨로쿠로프와 자치회, 발라긴, 초등학교 도서관에 대해 열띤 토론을 벌였다. 활기차고 성실하며 강한 신념을 가진 리디야의 얘기를 듣는 것은 자못 즐거웠다. 물론 수다스런 말투와 큰 목소리 때문에 시끄럽기도 했지만, 아마도 그건 그녀가 초등학교에서의 생활이 습관처럼 굳어 버렸기 때문일지도 몰랐다.

벨로쿠로프에게는 모든 대화를 논쟁으로 끌고 가는 대학 시절부터의 버릇이 아직 남아 있었다. 그는 무척 지루하고 장황하게 말했는데, 현명하고 진보적인 생각을 가진 사람으로 보이려고 일부러 그러는 듯했다. 이야기를 하던 도중 손을 내젓다가 소스 그릇을 엎어서 테이블보를 더럽히기도 했지만, 나 이외에는 아무도 눈치를 채지 못한 것 같았다.

집으로 돌아왔을 때는 주위가 매우 캄캄하고 적막했다.

"교양이 있다는 것은 테이블보 위에 소스를 엎지르지 않는 것이 아니라 누가 소스를 엎지르더라도 모른 체해 주는 거야."

벨로쿠로프는 내 말을 듣고서 한숨을 푹 내쉬었다.

"그래, 아주 훌륭하고 지적인 가족이야. 나는 그런 훌륭한 사람들로부터 한참 뒤처져 있어. 아, 너무 많이 뒤처져 버렸다고! 그렇게 된 것은 다 일 때문이야! 일 때문이라고!"

그는 모범적인 농장주가 되려면 얼마나 많은 일을 해야 하는지 열띠게 토로했다.

그러나 나는 그 순간 그가 얼마나 둔하고 게으른지에 대해 생각했다. 어떤 것에 대해 진지하게 말할 때면 잔뜩 긴장을 해서는 "에? 에? 에? 에?" 하고 아둔하게 되물었다. 일을 처리할 때도 말하는 것처럼 느려 터져서 기한을 놓치기 일쑤였다.

언젠가부터 그의 능력을 믿지 않게 되었다. 심지어 내가 우체국에 부쳐 달라고 한 편지를 몇 주씩이나 제 호주머니에 넣고 다닌 적도 있었다.

그는 걸어가면서 계속 중얼거렸다.

"무엇보다도 가장 힘든 것은……, 아무리 일을 열심히 해도 어느 한 사람의 동정도 얻지 못한다는 걸세. 그 어떤 동정도 말이야!"

2

나는 곧잘 볼챠니노프 씨네 집을 찾아가 테라스 아래쪽 계단에 앉아 있곤 했다. 뭔지 모르게 나 자신에 대한 불만이 자꾸만 차올라서 스스로를 한없이 괴롭혔다. 삶에 이렇다 할 즐거움도 없이 덧없고 빠르게 흘러가고 있는 시간이 그저 애처롭게 느껴졌다. 답답하기 그지없는 나의 가슴에서 차라리 심장을 도려내고만 싶었다.

그때 테라스 위쪽에서 말소리가 나는가 싶더니, 옷자락이 스치는 소리와 책장을 넘기는 소리가 들려왔다. 리디야는 낮에는 환자들을 돌보기 위해 양산을 쓰고 마을로 나가곤 했다. 저녁에는 여기저기 사람들을 찾아다니며 자치회와 초등학교에 대하여 열변을 토했다.

나는 리디야의 그런 모습에 금방 익숙해졌다. 세련된 외모에 작고 우아한 입술을 가진 데다, 언제나 엄숙한 표정의 이 아가씨는 매번 나에게 쌀쌀맞게 대했다.

"당신은 이런 것들에 전혀 흥미가 없으시겠죠?"

나는 그녀의 호감을 사지 못했다. 그녀가 나를 좋아하지 않았던 건 내가 풍경화가로서 민중의 애옥살이를 그림에 담지 않을 뿐더러, 그녀가 굳게 믿고 있는 것에 대해서도 온통 무관심하다고 여기기 때문이었다.

언젠가 말을 타고 바이칼호 기슭을 지나고 있을 때였다. 거친 청색 무명 셔츠와 바지 차림으로 말을 탄 부랴트인 여자와 마주쳤는데, 그녀가 가진 담뱃대를 보고는 대뜸 내게 팔지 않겠느냐고 물었다. 그 여자는 내 얼굴과 모자를 경멸하듯 쳐다보더니, 말도 섞기 싫다는 듯 날카로운 목소리로 몇 마디 내뱉고는 말을 몰고 쌩하니 가 버렸다.

리디야도 그 여자와 마찬가지로, 나를 생판 낯선 사람인 양 어색하게 대하며 경멸했다. 나에 대한 혐오를 겉으로 대놓고 표현하지는 않았지만, 나는 그것을 온몸으로 고스란히 느끼곤 했다.

테라스 아래쪽 계단에 앉아 있노라니, 별안간 그녀가 괘씸하게 여겨졌다. 의사도 아닌 주제에 농부들을 진료하고 치료하다니! 그건 곧 그들을 속이는 짓이나 다름없었다. 2천 데샤티나(옛날 러시아의 도량 단위. 1데샤티나는 약 10,000제곱미터.)나 되는 땅을 가지고 있으면, 남들에게 그런 정도의 은혜를 베푸는 것쯤이야 아주 쉬운 일이라는 생각이 들기도 했다.

제냐는 나와 마찬가지로, 어떤 근심 걱정도 없이 완전히 무위의 삶을 살고 있었다. 그녀는 아침에 일어나면 곧장 테라스에 나가, 조그만 두 다리가 겨우 바닥에 닿을 만큼 안락의자에 몸을 깊숙이 파묻은 채 책을 읽었다. 때로는 책을 들고 피나무 가로수에 숨거나 아예 대문 밖으로 나가 들로 향했다.

그녀는 온종일 책에 탐닉했다. 이따금씩 그녀의 눈빛이 몹시 지친 듯 아련해 보였다. 그럴 때면 얼굴은 매우 창백했는데, 독서가 그녀의 뇌를 지치게 만들고 있는 듯했다.

어쩌다 근처를 지나가는 나를 보면 얼굴을 살짝 붉히며 책을 슬그머니 내려놓았다. 그러곤 그 커다란 눈으로 내 얼굴을 찬찬히 들여다보며 집에서 일어났던 일들을 조근조근 들려주었다. 이를테면 굴뚝에 불이 붙었다든가, 하인이 못에서 큰 물고기를 낚았다든가 하는 것들이었다.

평일에는 대체로 밝은 빛깔의 블라우스에 짙은 감색 스커트를 입고 다녔다. 우리는 함께 산책을 하거나 잼을 만들 버찌를 따거나 보트를 타러 갔다. 그녀가 버찌를 따려고 뛰어오르거나 느긋이 노를 저을 때면, 넓은 옷소매 너머로 가냘픈 두 팔이 환히 비쳐 보였다. 내가 어쩌다 스케치를 할 때면 옆에 서서 그 모습을 넋을 놓고 지켜보곤 했다.

7월 말의 어느 일요일, 나는 아침 아홉 시에 볼챠니노프 씨네 집을 찾아갔다. 집에서 조금 떨어진 곳에 있는 정원을 거닐고 있었는데, 그해 여름에는 흰 버섯이 유난히 많이 자라나 있었다. 나는 흰 버섯 주위에 표시를 남겼다. 나중에 제냐와 함께 그것들을 딸 작정이었다.

때마침 훈훈한 바람이 불고 있었다. 제냐와 그녀의 어머니가 밝은 색의 나들이옷을 입은 채 교회에서 집으로 돌아오는 것이 보였다. 제냐는 모자가 바람에 날리지 않도록 두 손으로 꼭 붙잡고 있었다.

얼마 뒤 그들이 테라스에서 차를 마시는 소리가 들려왔다. 근심 걱정 없이 휴일에 빈둥거리기 위한 변명이 필요한 내게 여름날 그 저택에서의 평온한 아침은 더할 나위 없이 매혹적으로 느껴졌다. 아직 이슬에 젖은 푸른 정원이 온통 햇빛을 받아 환히 빛나는 풍경은 참으로 아름다웠다. 집 근처에서는 목서초와 협죽도가 그윽한 향기를 풍겼고, 젊은이들은 교회에서 막 돌아와 정원에서 차를 마셨다. 귀여운 옷차림을 한 사람들 모두가 명랑하고 활기차 보였다.

이토록 건강하고 유복하며 아름다운 사람들이 아무 일도 하지 않고 기나긴 하루를 보내는 것을 보면서, 우리 모두의 삶도 그러하길 바라곤 했다. 나 역시 그처럼 하는 일도, 목적도 없이 진종일, 여름 내내 왔다 갔다 하는 것도 그리 나쁘지 않다는 생각을 하면서 정원을 한가로이 거닐었다.

그때 제냐가 바구니를 들고 밖으로 나왔다. 그녀는 정원에서 나를 발견하게 되리란 걸 이미 알고 있었거나, 적어도 미리 예상했다는 듯한 표정을 짓고 있었다. 우리는 버섯을 따며 즐거이 대화를 나눴다. 그녀가 내게 무엇인가에 대해 물었다. 나는 그녀가 내 얼굴을 잘 볼 수 있도록 앞쪽으로 돌아 나갔다.

"어제 우리 마을에서 기적이 일어났어요."

그녀가 밝은 목소리로 말했다.

"절름발이인 펠라게야가 올해 내내 병을 앓고 있었거든요. 그 어떤 의사나 약도 소용이 없었지요. 그런데 어제 한 노파가 와서 한 마디 속삭이자마자 병이 말끔히 나아 버렸다지 뭐예요?"

나는 시큰둥한 표정으로 대꾸했다.

"그런 건 다 쓸데없는 짓이에요. 병자나 노파들 근처에서 기적을 찾아서는 안 됩니다. 건강하다는 것 자체가 바로 기적 아닙니까? 인생은 또 어떻고요? 우리가 이해할 수 없는 것이 곧 기적입니다."

"하지만 무언가 이해할 수 없는 일이 일어난다는 게 놀랍지 않으세요?"

"놀랍지 않습니다. 내가 이해하지 못하는 현상에 당당하게 맞설 뿐 절대로 굴복하지는 않거든요. 우리는 그런 것들보다 우월한 존재니까요. 인간은 누구나 자신이 사자나 호랑이나 별, 아니 자연의 그 어떤 것보다 우월한 존재라는 사실을 알아야 합니다. 심지어 우리가 이해할 수 없는 기적보다도 말이죠. 그렇지 않으면 인간이 아니라 그 모든 것을 두려워하는 쥐새끼나 다름없어지는 겁니다."

제냐는 내가 예술가로서 아주 많은 것을 알고 있으며, 설령 잘 모르는 것이 있다고 해도 올바르게 예측할 수 있는 사람이라고 생각했다. 또한 내가 그녀를 영원하고 아름다우며 드높은 세계로 이끌어 주기를 바랐다.

나는 그녀와 신에 대하여, 영원한 삶에 대하여, 기적에 대하여 많은 이야기를 나누었다. 내 상상력이 바닥나면 내 삶도 영원히 사라진다는 데 생각이 미치자 그 사실을 받아들이기가 몹시 어려웠다. 그래서 "그래요, 사람은 불멸하지요."라든가 또는 "맞아요, 영원한 삶이 우리를 기다리고 있어요."라고 애매하게 말했다. 제냐는 내 말을 그대로 믿을 뿐 그 어떤 증명도 요구하지 않았다. 그러다 집 쪽으로 걸어가고 있을 때, 제냐가 갑자기 걸음을 멈추고서 말했다.

"리디야 언니는 비범한 사람이에요. 그렇게 생각하지 않으세요? 나는 언니를 무척 좋아해요. 언니를 위해서라면 목숨을 내놓을 수도 있어요. 그런데…….."

제냐는 손가락으로 내 옷소매를 톡 건드렸다.

"그런데 당신은 왜 자꾸 언니와 말다툼을 하시는 거죠? 얘기를 하다가 왜 짜증을 내시는 거예요?"

"그것은 그분이 옳지 않기 때문입니다."

제냐는 고개를 내저으며 눈물을 글썽였다.

"나는 도무지 이해할 수가 없어요!"

그때 리디야가 막 집으로 돌아왔다. 그녀는 손에 채찍을 든 채 현관 앞에 서 있었다. 아름답고 날씬한 몸매가 햇빛을 받아 더욱더 돋보였는데, 엄한 표정으로 하인에게 무엇인가를 지시하고 있었다. 두세 명의 환자를 빠르게 진찰한 뒤, 잔뜩 굳은 얼굴로 이 방 저 방 돌아다니며 장롱들을 여닫다가 이내 다락방으로 올라갔다.

이윽고 점심시간이 되었다. 다들 나서서 그녀를 찾았지만, 우리가 수프를 다 먹고 난 뒤에야 식당으로 어슬렁어슬렁 내려왔다. 왜 그러는지 이유는 잘 모르지만, 나는 이 사소하고 자질구레한 것까지도 하나하나 다 기억하고 있다. 이렇다 할 만큼 특별한 일이 없었던 날인데도, 이상할 만큼 그날의 일들이 생생히 떠오른다.

식사를 마친 후 제냐는 안락의자에 푹 파묻혀 책을 읽었고, 나는 여느 때처럼 테라스 아래쪽 계단에 앉아 있었다. 우리는 아무 말도 하지 않았다. 하늘은 온통 구름으로 뒤덮여 있었는데, 어느 때인가부터 빗방울이 드문드문 떨어지기 시작했다. 바람이 불지 않아 몹시 무더웠다. 그날은 왠지 절대로 끝나지 않을 것처럼 길게 느껴졌다.

예카테리나 파블로브나가 졸음기 가득한 얼굴로 부채를 든 채 테라스로 다가왔다.

"어머나! 어머니."

제냐는 어머니의 손에 입을 맞추면서 다정하게 말했다.

"낮잠은 몸에 해로워요."

두 사람은 서로를 열렬히 사랑했다. 한 사람이 정원으로 가면 또 한 사람은 테라스에서 그쪽을 오래도록 바라보았다. 그러다 "제냐, 어디 있니?"라든가 혹은 "어머니, 어디 계세요?" 하며 서로를 불러 세웠다.

그들은 언제나 함께 기도했다. 둘의 믿음은 똑같이 깊었으며, 침묵을 지키고 있을 때조차 서로의 마음을 정확하게 이해했다. 그들은 사람들을 대하는 태도도 똑같았다.

그래서인지 예카테리나 파블로브나 역시 나와 금방 친해졌다. 내가 이삼 일 정도만 나타나지 않아도 내 안부를 묻기 위해 사람을 보냈다. 그녀는 내 스케치를 보며 연방 감탄사를 내뱉었고, 제냐와 마찬가지로 그날 있었던 일을 편안하게 들려주었다. 심지어 집안의 비밀까지도 낱낱이 털어놓곤 했다.

예카테리나 파블로브나는 큰딸을 진심으로 존경했다. 리디야는 애교를 부리는 일이 절대로 없었으며, 언제나 진지한 이야기만 나누었다. 그녀는 오롯이 자신만의 삶을 살아가고 있었다. 그래서 어머니와 여동생에게는 마치 선실에 앉아 있는 제독이 수병들의 눈에 비치는 것처럼 신성하면서도 수수께끼 같은 존재로 각인되었다.

"우리 리디야는 아주 비범한 사람이에요. 그렇지 않아요?"

예카테리나 파블로브나는 자주 이렇게 말하곤 했다. 빗방울이 떨어지는데도 리디야에 대한 이야기를 계속했다.

"우리 리디야는 진짜 훌륭한 사람이에요."

어머니는 이렇게 말하면서 주위를 슬그머니 살피고는 마치 음모라도 꾸미는 양 작은 목소리로 덧붙였다.

"요즘 저런 아가씨는 어디에서도 찾아보기 힘들어요. 그런데 말이에요. 사실 좀 걱정이 되기는 해요. 학교니 병원이니 책이니 하는 것도 다 좋아요. 하지만 그렇게까지 극단적으로 굴어야 하는 걸까요? 리디야도 벌써 스물네 살이니, 자기 자신에 대해 진지하게 생각할 때가 되었잖아요. 그런데도 저렇게 책이니 진료소니, 그런 일에만 매달려 시간가는 줄 모르고 있으니…….결혼도 해야 할 텐데 말이에요."

독서에 골몰하느라 얼굴빛이 창백해지고 머리카락이 흐트러진 제냐가 고개를 들고 어머니를 바라보면서 혼잣말처럼 중얼거렸다.

"모든 것은 신의 뜻에 달려 있어요!"

그러고는 또다시 독서의 세계로 빠져들었다.

그때 벨로쿠로프가 수가 놓인 와이셔츠에 외투를 걸치고 밖으로 나왔다. 우리는 크리켓과 테니스를 쳤다. 날이 어두워진 후에는 리디야가 초등학교에 대해, 그리고 군 전체를 쥐락펴락하는 발라긴에 대해 오랫동안 말했다.

그날 저녁 볼챠니노프 씨네 집을 나설 즈음에는 기나긴 하루를 보냈다는 기분과 함께, 아무리 길다 해도 결국 끝이 있다는 생각이 들면서 우울한 감정이 느껴졌다. 제냐가 우리를 대문까지 바래다주었다. 아침부터 저녁까지 줄곧 붙어 지내서 그런지, 그녀와 헤어진다는 생각에 쓸쓸함이 밀려들었다. 새삼스럽게 이 사랑스러운 가족이 매우 친근하게 와닿았다. 처음으로 여름 내내 그림이 그리고 싶어졌다.

집으로 걸어가는 길에 벨로쿠로프에게 대뜸 이렇게 물었다.

"이봐, 자네는 어째서 그렇듯 따분하고 무덤덤하게 사는 거야? 나야 화가인 데다 기괴한 인간이라서 답답하고 단조롭게 살지만. 젊었을 적부터 나 자신에 대한 불만과 내 일에 대한 불신으로 비참한 기분에 빠지곤 했어. 나는 한낱 불쌍한 떠돌이에 불과하니까 그렇다 치지만, 자네는 아주 건강하고 정상적인 인간인 데다 지주이자 귀족이잖은가? 그런데 어째서 이렇듯 고리타분하고 소극적인 삶을 살고 있는 거지? 어떻게 지금까지 리디야나 제냐한테 반하지 않을 수가 있었냐는 걸세!"

"자네가 잊고 있나 본데, 나는 다른 여자를 사랑하고 있어."

벨로쿠로프가 대답했다.

그의 여자 친구 류보피 이바노브나를 말하는 것이었다. 별채에서 벨로쿠로프와 함께 살고 있었다. 사실 그녀를 날마다 보기는 했다. 살이 잔뜩 오른 거위처럼 뚱뚱한 데다 무슨 일에든 잘난 체를 하고 나섰다. 구슬 장식이 달린 러시아식 옷을 입고서 양산을 받쳐 든 채 정원을 산책하곤 했다. 그러면 그녀의 하녀가 매번 식사와 차를 마실 시각을 알리러 왔다.

삼 년 전쯤에 그녀는 별장으로 쓸 별채를 하나 빌렸는데, 그곳에서 벨로쿠로프와 이어지게 되었다. 벨로쿠로프보다 열 살이나 많아서 그런지, 틈만 나면 그를 몹시 엄하게 단속했다. 그가 집에서 잠깐 나갈 때도 반드시 그녀의 허락을 받아야 했다. 그녀는 걸핏하면 남자 같은 목소리로 울먹이곤 했다. 나는 그 울음소리가 몹시 거슬린 나머지, 사람을 보내 당장 울음을 그치지 않는다면 이 집에서 나가 버리겠다고 을렀다. 그러고 나서야 그녀는 울음을 뚝 그쳤다.

집으로 돌아오자 벨로쿠로프는 소파에 앉아 얼굴을 잔뜩 찌푸린 채 생각에 잠겼다. 나는 사랑에 빠진 사람마냥 홍분을 감추지 못한 채 홀 안을 왔다 갔다 했다. 그러고는 볼챠니노프 씨네 가족에 관해 말했다.

"리디야는 자신처럼 병원이나 초등학교 일에 미친 사람만 사랑할 수 있을 거야. 오, 그런 아가씨를 위해서라면 자치회에 들

어가는 것은 물론이고, 옛날이야기에 나오는 것처럼 철제 구두
를 신고서 그게 다 닳아 빠질 때까지 걸어 다닐 수도 있다고. 게
다가 제냐는? 제냐는 또 얼마나 사랑스러운지!"

벨로쿠로프는 "에? 에? 에? 에?" 하고 일부러 말을 길게 잡아 늘
이면서, 그 시기에 만연하던 염세주의에 대해 떠들어 대기 시작
했다. 그는 이번에도 마치 논쟁이라도 벌이려는 듯 사뭇 단호한
태도를 보였다.

차라리 몇백 베르스타에 걸친 황폐한 땅을 걷는 일이 훨씬 수
월할 듯했다. 언제 자신을 놓아줄지도 모른 채 장황한 이야기를
듣고 있어야 하는 이 상황보다 더 지루하지는 않을 테니까.

나는 흥분을 감추지 못하고 불퉁하게 대꾸했다.

"문제는 염세주의니 낙관주의니 하는 게 아니라, 백 명 가운
데 아흔아홉 명은 멍청하다는 거야."

벨로쿠로프는 자기를 두고 한 말이라는 걸 알아채고는 버럭
화를 내며 나가 버렸다.

3

"공작님이 지금 말로죠모프에 오셔서 묵고 계시는데, 어머니
께 안부 전하라 하셨어요."

리디야는 외출했다가 막 돌아와 장갑을 벗으면서 어머니에게 이렇게 말했다.

"재미있는 이야기를 많이 들려주셨어요……. 그리고 도 위원회에서 말로죠모프에 병원 설립하는 문제를 다시 제안하겠다고 약속하셨어요. 그리 기대하지는 말라고 하셨지만요."

그러곤 나에게로 돌아서면서 이렇게 덧붙였다.

"이해해 주세요. 당신이 이런 이야기에 흥미가 없으시다는 것을 자꾸 깜빡 잊곤 합니다."

나는 잔뜩 약이 올라 어깨를 들썩였다.

"대체 왜 흥미가 없다고 단정하는 겁니까? 당신은 내 의견 따위는 듣고 싶지도 않으시겠지만, 나도 그 문제에 충분히 흥미를 느끼고 있습니다."

"아, 그러세요?"

"그렇습니다. 내가 보기에는 말로죠모프에 병원 따윈 전혀 필요가 없는 것 같습니다."

나의 분노가 그녀에게 고스란히 전달되었다. 그녀는 눈살을 찌푸린 채 나를 똑바로 쳐다보며 되물었다.

"그럼 무엇이 필요한데요? 풍경화요?"

"풍경화도 필요하지 않습니다. 거기엔 아무것도 필요하지 않아요."

그녀는 장갑을 다 벗고는 막 우체국에서 가져온 신문을 펼쳤다. 그러다 일 분쯤 지나자 자신의 감정을 억누르면서 나직한 목소리로 말했다.

"지난주에 안나가 산욕열로 죽었어요. 만일 근처에 병원이 있었다면 살았을 거예요. 화가님도 그런 것에 대한 신념 정도는 가져야 할 것 같네요."

"나는 확고한 신념을 가지고 있습니다."

나는 단호한 목소리로 대답했다. 그녀는 내 말을 더 듣고 싶지 않다는 듯 신문으로 얼굴을 가려 버렸다.

"나는 병원이고 초등학교고 도서관이고 약국이고, 죄다 현재의 상황에서는 민중의 노예화에 이바지하고 있을 뿐이라고 생각합니다. 민중은 커다란 쇠사슬에 칭칭 감겨 있습니다. 당신들은 이 쇠사슬을 끊으려 하진 않고, 그저 새 고리를 덧붙이고 있을 뿐이에요. 이게 바로 나의 신념입니다."

그녀는 나를 올려다보며 비웃듯이 씩 웃었다. 나는 내 생각을 분명하게 전하기 위해 계속 애를 썼다.

"여기서 중요한 것은 안나가 산욕열로 죽은 사실이 아닙니다. 안나며 마브라며 펠라게야며, 모두 아침 일찍부터 어두워질 때까지 등을 구부린 채 힘에 부치는 노동을 하느라 병을 얻었습니다. 그러면서도 굶주림에 지쳐 병을 앓는 자식들 때문에 애를 태우고, 한평생 죽음과 병을 두려워하며 시달리다가 일찍 시들어 버린 나머지, 진창과 악취 속에서 죽어 가는 것입니다.

그들의 자식들이 자라면 어머니의 삶을 똑같이 반복합니다. 이렇게 몇백 년이 흘렀고, 이미 몇십억 명의 사람들이 짐승만도 못한 생활을 해 왔습니다. 그것도 끝없는 공포 속에서 오로지 빵 한 조각을 얻기 위해서 말입니다.

그들은 자신들이 처한 온갖 공포 때문에 영혼에 대하여 생각하고 말고 할 겨를이 없습니다. 자신들의 형상이 신을 닮도록 만들어졌다는 것에 대해 생각할 틈이 없다고요. 굶주림과 추위, 동물적인 공포, 끝없는 노동이 마치 눈사태처럼 덮쳐 와서 정신 활동의 길을 싹 막아 버렸으니까요. 정신적인 활동이야말로 인간을 짐승과 구별하는 기준인 동시에, 인간으로서의 유일한 가치이지 않습니까?

당신네는 병원이나 도서관, 초등학교를 돕기 위해 그들을 찾아갑니다. 그러나 그런 것으로는 그들을 그 지독한 굴레에서 벗어나게 하지 못합니다. 오히려 그들의 노예화를 가속화할 뿐입니다. 당신들은 새로운 편견을 가지고 그들의 생활 속으로 들어가 욕구만 키우고 있기 때문입니다. 그들이 약값과 책값을 자치회에 내기 위해 더욱더 등을 구부리고 일을 해야 한다는 사실은 차치하고라도 말입니다."

"나는 당신과 논쟁하고 싶지 않아요."

리디야는 신문을 내려놓으면서 단호히 말했다.

"그런 말은 이미 들었어요. 딱 한 가지만 말씀드릴게요. 인간은 그저 손을 포개고 가만히 앉아만 있어서는 안 돼요. 물론 우리도 인류를 구원하지 못하고 있고, 어쩌면 많은 잘못을 저지르고 있는지도 모르죠. 그러나 우리가 할 수 있는 일에 최선을 다하고 있다는 사실이 중요해요. 그런 점에서 우리는 옳습니다. 이웃에게 봉사하는 것은 교양 있는 인간의 가장 높고 신성한 의무예요. 그래서 능력이 닿는 데까지 봉사하고 있는 거예요. 당신은 마뜩잖으실 테지만, 모두의 마음에 다 들 수는 없는 노릇이니까요."

"그래, 맞다. 네 말이 옳아."

그때 그녀의 어머니가 끼어들었다. 예카테리나 파블로브나는 리디야가 있는 자리에서는 언제나 소심하게 굴었다. 혹시라도 자기가 쓸데없는 얘기를 꺼내거나, 그 자리에 어울리지 않는 말을 하지는 않는지 두려워하면서 딸의 얼굴을 불안하게 쳐다보곤 했다. 무엇보다 그녀는 딸의 뜻을 결코 거스르지 않았다. 언제나 동의만 할 뿐이었다.

"그래, 맞다. 네 말이 전부 옳아."

나는 강한 어조로 받아쳤다.

"농민 교육을 비롯해서 쓸데없는 교훈이나 농담이 적힌 책, 병원, 그런 것으로는 문맹률도 사망률도 줄일 수가 없어요. 그것은 이 방 창문에서 새어 나가는 빛으로 저 넓은 정원을 다 밝히겠다는 말과 같습니다. 당신네는 그러한 사람들의 삶에 간섭

함으로써 오직 새로운 요구, 즉 노동에 대한 새로운 동기를 만들어 내고 있을 뿐입니다."

"아, 세상에! 어떻게 그런 말을……. 설령 그렇다고 해도 무슨 일이든 해야 하잖아요!"

리디야는 분개하며 소리쳤다. 그녀의 말투로 미루어 보아, 내 의견을 쓸데없다고 여기며 경멸하는 것이 분명했다.

그렇거나 말거나, 나는 주장을 굽히지 않았다.

"중요한 건 사람들을 고된 육체노동에서 벗어나게 하는 것입니다. 그들의 속박을 풀고 잠시나마 쉴 수 있게 해 주어야 합니다. 그들이 한평생을 불가마나 여물통 근처, 밭 한가운데서 지내지 않도록 도와주어야 한다고요. 또한 영혼과 신에게 대하여 잠시라도 생각할 짬을 가지고, 보다 폭넓게 정신적 능력을 펼치도록 해 주어야 해요.

인간은 누구나 진리와 인생의 의의를 탐구할 사명이 있습니다. 그들이 고단한 노동에서 벗어나 스스로 자유롭다고 느낄 수 있게 만들어야 합니다. 그때가 되면 책이니 병원이니 하는 것들이 얼마나 우스운 것인지 알게 될 겁니다. 일단 자기의 진정한 사명이 무엇인지 자각하게 되면……, 그들을 만족시킬 수 있는 것은 오직 종교와 과학, 예술뿐일 테니까요. 이런 쓸모없는 것들이 아니라요!"

"노동에서 벗어나게 한다고요? 과연 그게 가능할까요?"

리디야는 믿기지 않는다는 듯 피식 웃었다.

"가능합니다. 그들의 노동 일부를 떠안으세요. 만일 우리 모두가, 도시 사람들이든 시골 사람들이든 예외 없이 모두가 인류의 육체적 요구를 만족시키기 위해 투입되는 노동을 조금씩이나마 분담하는 데 합의한다면, 한 사람이 하루에 두세 시간씩 일하는 것만으로 충분할지도 모릅니다. 한번 상상해 보세요. 우리 모두가 부자건 가난뱅이건 하루에 세 시간씩만 일하고, 나머지 시간은 마음 편하게 지낼 수 있는 세상을요.

이왕이면 몸에 덜 의존하는 방법을 찾으면 좋겠지요. 기계를 발명해 이용한다면 노동 시간이 훨씬 더 줄어들 겁니다. 우리의 욕구가 극한까지 줄어드는 모습을 상상해 보십시오!

우리 자신과 자식들을 단련시켜 굶주림과 추위를 두려워하지 않도록 하는 겁니다. 그러면 안나나 마브라, 펠라게야처럼 자식들의 건강 때문에 벌벌 떨지 않아도 된다고요. 아시겠어요? 건강을 걱정하지 않아도 되는 세상을 살아가는 거예요. 약국과 담배 공장, 보드카 제조 공장을 그만둔다면 우리에게 얼마나 많은 자유 시간이 주어지겠습니까!

이 자유로운 시간을 모두 함께 학문이나 예술을 탐색하는 데 바치는 것입니다. 때때로 농부들이 힘을 모아 길을 고치듯이, 온 세계가 협력하여 영원한 진리와 인생의 의의를 탐구하는 겁니다. 그렇게 된다면 진리를 금세 발견하게 되겠지요. 그 후에는 괴롭고 견디기 힘든 죽음의 공포로부터, 심지어는 죽음 자체로부터 벗어나게 될 것입니다."

리디야가 냉엄한 목소리로 맞섰다.

"하지만 그 말씀에는 모순이 있어요. 당신은 학문, 학문 하고 연거푸 언급하면서도, 정작 읽고 쓰는 것을 가르치는 일은 부정하고 있잖아요."

"술집 간판을 읽거나 어려운 책자를 어찌저찌 읽어 내는 수준의 교육이라면, 이미 류리크(러시아의 전설적인 건국자.) 시대부터 있어 왔어요. 고골의 페트루쉬카(《죽은 넋》의 주인공 치치코프의 하인 이름.)는 이미 오래전에 글자를 깨쳤지요. 그런데도 농촌은 지금까지 류리크 때와 마찬가지의 모습으로 남아 있습니다. 모두에게 필요한 것은 읽고 쓰는 것이 아니라 정신적 능력을 폭넓게 발휘하기 위한 자유입니다. 초등학교 식의 교육이 아니라 대학교 수준의 교육이 필요하다고요."

"당신은 의학도 부정하고 있어요."

"네, 부정합니다. 그것이 필요하다면 오직 자연 현상으로서의 질병을 연구하기 위해서이지, 치료를 위해서는 아닙니다. 만일 치료를 원한다면 병이 아니라 그 원인을 찾아내야 옳으니까요. 병이 생겨나게 되는 원인, 즉 육체노동을 없애 보세요. 그러면 자연히 병도 없어질 겁니다. 나는 치료하는 학문 같은 건 인정하지 않아요."

나는 흥분하여 계속 말을 내뱉었다.

"진정한 학문이나 예술은 일시적이고 개인적인 목적이 아니라 영원하고 일반적인 것을 지향합니다. 진리와 인생의 의의를 탐구하고, 신과 영혼을 탐색하는 것이 학문과 예술입니다. 그것을 약국이나 도서관처럼 순간적인 욕구 혹은 당면한 문제 따위에 묶어 둔다면, 학문이나 예술은 인생을 더 복잡하게 하고 번거롭게 만들 뿐입니다.

우리나라에는 의사와 약사, 법률가처럼 읽기와 쓰기를 할 줄 아는 사람들은 지천으로 널려 있어요. 하지만 생물학자나 수학자, 철학자, 시인들은 거의 없습니다. 모든 지혜와 정신적 에너지가 일시적이고 순간적인 욕구를 충족하는 데 쓰여 버렸습니다. 학자, 작가, 예술가 들이 노력한 덕분에 생활의 편의는 커져 가고 육체의 욕구는 증가하고 있지요.

하지만 아직도 진리와 멀리 떨어져 있으며, 인간은 여전히 가장 탐욕스럽고 불결한 짐승으로 남아 있습니다. 마치 모든 것이 온 인류의 퇴화와 생활 능력의 상실을 위해 한 방향으로 흘러가고 있는 것 같습니다. 그러한 상태에서 예술가의 삶은 의미를 잃을 수밖에 없습니다. 재능이 있는 예술가일수록 더욱더 기괴한 역할을 행하죠.

왜냐하면 예술가는 현재의 질서를 유지하면서 탐욕스럽고 불결한 짐승의 즐거움을 위해 일하고 있기 때문입니다. 그래서 나는 일하고 싶지 않고, 앞으로도 하지 않을 겁니다……. 조금도 필요치 않아요. 차라리 지구가 지옥으로 떨어져 버리는 편이 낫습니다."

"제냐, 밖에 좀 나가 있어."

리디야가 여동생에게 단호한 어투로 말했다. 나의 말이 자신의 여동생처럼 순수한 아가씨에게 몹시 해롭다고 생각한 것이 분명했다.

제냐는 언니와 어머니를 애처로운 눈길로 힐끔 쳐다보고는 마지못해 밖으로 나갔다.

"누구나 자기의 무관심을 변호하고자 할 때는 그런 식으로 말하면서 얼버무리죠. 병원이나 초등학교의 가치를 부정하는 것은 치료하고 가르치는 것보다 쉬운 일이니까요."

리디야가 맞받아쳤다.

"그래, 맞다. 네 말이 옳아."

그녀의 어머니가 끼어들었다. 리디야는 계속 말을 이었다.

"앞으로 더 이상 일하지 않겠다고 으름장을 놓고 계시는데, 자신의 일을 너무 높이 평가하시는군요. 알겠어요. 논쟁은 이제 그만하죠. 합의에 도달하기가 어려울 테니까요. 나는 조금 전에 당신이 경멸하듯 말한 도서관과 약국, 그중에서도 가장 작고 힘없는 곳조차도 이 세상의 그 어떤 풍경화보다 더 중요하다고 생각합니다."

그러고는 자신의 어머니에게로 돌아서더니, 지금까지와는 전혀 다른 말투로 말했다.

"공작님께서는 이전에 우리 집에 계셨을 때보다 더 많이 여위셨더라고요. 이번에는 비쉬(프랑스의 온천장.) 쪽으로 이동하신다고 하셨어요."

그녀는 나와 말하지 않겠다는 뜻으로 짐짓 공작에 관한 이야기를 꺼냈다. 얼굴이 새빨갛게 달아올라 있었다. 마음 깊은 곳의 흥분을 숨기려는 듯, 마치 근시안이 있는 사람처럼 테이블 위에 몸을 한껏 구부린 채 신문을 읽는 척했다.

내가 그 자리에 함께 있는 것이 몹시 불쾌한 모양이었다. 나는 작별 인사를 하고 곧장 집으로 돌아왔다.

4

문밖은 매우 고요했다. 연못 너머 마을 사람들은 벌써 잠들었는지 불빛이 보이지 않았다. 연못에 비친 창백한 별들만이 희미하게 빛나고 있을 뿐이었다. 나를 배웅 나온 제냐는 사자상이 있는 대문가에 멈춰 서서 한동안 꼼짝도 하지 않았다.

"마을 사람들이 모두 잠들었군요."

나는 어둠 속에서 그녀의 얼굴을 가만히 바라보며 말했다. 그녀의 두 눈은 어두운 슬픔에 잠겨 있었다.

"술집 주인이건 말도둑이건, 지금은 모두 한창 즐거운 꿈을 꾸고 있겠지요. 그런데 우리는 서로 화를 내며 말다툼을 하고 있었군요."

애처로운 8월의 밤이었다. 애처롭다고 한 것은 벌써 가을의 쓸쓸한 기운이 느껴졌기 때문이다. 차츰차츰 높아져 가고 있던 다홍빛 달이 널따란 길과 그 양옆의 보리밭을 희미하게 비추고 있었다. 별똥별이 자꾸 떨어졌다.

제냐는 이제 나와 나란히 걷기 시작했다. 그녀는 별똥별이 두려운지 짐짓 하늘을 올려다보지 않으려고 애를 썼다.

"선생님 말씀이 옳아요."

제냐는 밤의 습기에 몸을 바르르 떨며 말했다.

"사람들이 모두 힘을 합쳐 정신적인 활동에 전념할 수 있다면 곧 모든 것을 알게 될 거예요."

"물론입니다. 우리는 모두 훌륭한 존재니까요. 만일 정말로 우리가 인간의 천부적 재능의 힘을 깨닫고 최고의 목적만을 위해 산다면 결국 신과 똑같은 존재가 될 것입니다. 그러나 그런 일은 절대로 일어나지 않을 거예요. 인류는 점점 더 퇴화를 해서 그 능력이 흔적도 없이 사라질 테니까요."

대문이 보이지 않을 만큼 한참을 걸은 뒤, 제냐는 걸음을 뚝 멈추고 내 손을 살며시 잡았다.

"안녕히 주무세요."

그녀가 몸을 떨면서 말했다. 얇은 블라우스 하나만 걸치고 있었던 터라 추위에 지쳐 몸을 잔뜩 웅크렸다.

"내일 또 오세요."

순간 가슴속 깊이 세상에 대한 불만을 가득 품은 채 나 혼자 남겨진다는 생각에 소름이 훅 끼쳤다. 나도 별똥별을 보지 않으려 애를 썼다.

"일 분만 나와 함께 있어 주십시오. 부탁이에요."

나는 간절한 목소리로 말했다. 사실은 제냐를 사랑하고 있었다. 제냐가 언제나 변함없이 나를 맞아 주고 배웅해 준 데다, 상냥하고 따뜻한 눈으로 바라보아 주었기 때문일 것이다. 그 하얀 얼굴, 부드러운 목덜미, 가느다란 두 팔, 연약하고 한가로운 성품, 독서를 좋아하는 것……. 그 모든 것이 더할 나위 없이 아름답게 느껴졌다.

그렇다면 그녀의 정신세계는? 나는 그녀가 비범한 머리를 가지고 있다고 생각했다. 그녀의 폭넓은 식견은 나를 자주 감탄케 했다. 어쩌면 엄격하고 예쁜 리디야와 사고방식이 다르기 때문에 호감을 느꼈을지도 모른다.

제냐는 나를 순수하게 화가로서 좋아했다. 나의 재능으로 그녀의 마음을 사로잡은 것이다. 나는 그녀 한 사람만을 위해 그림을 그리고 싶었다. 나무, 들판, 안개, 노을처럼 이 놀랍고 매혹적인 자연을 지배할 나의 조그만 여왕인 그녀를 가슴속 깊이 꿈꾸었다.

나는 그동안 자연의 한가운데 있으면서도, 지금까지 스스로를 고독하고 불필요한 인간인 것처럼 절망스럽게 느껴 왔다.

"일 분만 더 같이 있어 줘요, 제발……."

나는 다시 간청했다. 그러고는 외투를 벗어 꽁꽁 언 제냐의 어깨에 덮어 주었다. 그녀는 남자 외투를 입어 몰골이 우스꽝스러워지는 것이 두려웠는지, 일부러 큰 소리로 웃어 대면서 외투를 땅바닥에 툭 떨어뜨렸다. 나도 모르게 그녀를 와락 끌어안았다. 그러고는 그녀의 얼굴이며 어깨며 손이며 가리지 않고 마구 입을 맞추었다.

"내일 뵐게요!"

제냐는 이렇게 속삭이며 조심스럽게, 마치 밤의 정적을 깨기 두려워하는 듯 살며시 나를 안았다.

"우리 집은 무슨 일이든 숨기지 않기로 했어요. 나는 곧 어머니와 언니에게 모든 것을 다 이야기해야 해요……. 너무 무서워요! 어머니는 당신을 좋아하시니까 괜찮겠지만, 리디야 언니는 사실……."

제냐는 대문 쪽으로 급히 뛰어가며 소리쳤다.

"안녕!"

나는 이 분가량 그녀가 집을 향해 뛰어가는 발소리에 귀를 기울었다. 불현듯 집으로 돌아가고 싶지 않다는 생각이 들었다. 아니, 돌아가야 할 이유가 없었다. 잠시 생각에 잠긴 채 그 자리에 서 있다가, 왔던 길을 천천히 되짚어 걸어갔다. 그녀가 살고 있는 집을 다시 한번 바라보기 위해서였다.

소박하고 낡은 저 다락방의 창문이 마치 모든 것을 이해하고 있다는 듯이 나를 말끄러미 내려다보았다. 테라스 옆을 지나 테니스 코트 근처의 해묵은 느릅나무 밑 벤치에 앉아 어둠에 잠긴 그 집을 오래도록 바라보았다.

제냐가 살고 있는 다락방 창문에 환한 빛이 번득이더니, 점차 차분한 녹색으로 바뀌었다. 램프에 갓을 씌운 모양이었다. 사람 그림자가 움직이기 시작했다…….

나는 부드러움과 평온함, 그리고 나 자신에 대한 만족감으로 가득 차 있었다. 나도 누군가를 좋아할 수 있다는 사실에서 뿜어 나오는 만족감이었다. 동시에 나를 싫어하는, 어쩌면 증오하고 있을지도 모를 리디야가 이 집 안 어딘가에 살고 있다는 생각에 마음이 매우 불편해졌다. 그러면서도 혹시라도 제냐가 다시 나오지는 않는지 귀를 기울이며 벤치에 앉아 잠자코 기다렸다. 언뜻 다락방에서 말소리가 들리는 것 같았다.

한 시간이 지났다. 녹색 불빛은 꺼졌고, 사람의 그림자도 사라졌다. 달은 벌써 지붕 위로 높이 떠올라 잠자고 있는 정원과 오솔길을 아스라이 비추었다. 집 앞 꽃밭에 심어 놓은 달리아와 장미가 선명하게 보였다.

그런데 그 모든 것이 똑같이 하나의 색깔로 느껴졌다. 날씨가 몹시 추웠다. 나는 정원을 벗어나 길에 떨어져 있는 외투를 집어 들고 천천히 집으로 돌아왔다.

이튿날 점심시간이 지나고 나서, 볼챠니노프 씨네 집에 갔을 때는 정원으로 난 유리문이 활짝 열려 있었다. 나는 테라스에 앉아 금세라도 꽃밭 뒤 테니스 코트나 가로수 길 어딘가에서 제냐가 나타나기를 기다렸다. 혹은 집 안에서 그녀의 목소리가 바람결에 실려 오길…….

이윽고 객실을 지나 식당으로 가 보았지만 아무도 없었다. 식당에서 긴 복도를 지나 현관방으로 갔다가 또다시 되짚어 돌아왔다. 복도에는 몇 개의 문이 있었는데, 그중 한쪽 문 뒤에서 리디야의 목소리가 울렸다.

"어딘가에서 한 마리의 까마귀에게…… 신이…….."

그녀는 큰 목소리로 말을 길게 늘여서 내뱉었다. 받아쓰기를 하는 것 같았다.

"신이 치즈를 한 조각 주었습니다……. 까마귀에게…… 어딘가에서……. 누구세요?"

그녀는 내 발소리를 듣더니 갑자기 소리를 질렀다.

"접니다."

"용서하세요. 난 지금 나갈 수 없어요. 다샤와 함께 공부를 하고 있는 중이라서요."

"예카테리나 파블로브나는 정원에 계십니까?"

"아니요, 어머니는 동생과 함께 오늘 아침에 펜자에 있는 숙모한테 가셨어요. 아마 겨울이 오면 외국으로 떠날 거예요."

그녀는 잠시 침묵하고 나서 다시 입을 열었다.

"한 마리의 까마귀에게…… 어딘가에서…… 신이 한 조각의 치즈를 주었습니다……. 다 썼니?"

나는 현관으로 나와 우두커니 선 채로 나무를 물끄러미 바라보았다. 리디야의 목소리가 내 귀에까지 날아왔다.

"치즈를 한 조각……, 어딘가에서 한 마리의 까마귀에게 신이 한 조각의 치즈를 주었습니다……."

나는 처음 여기에 왔을 때와 똑같은 길로 저택을 떠났다. 그저 순서만 반대였을 뿐이다. 처음에는 안뜰에서 집 앞 정원으로, 그러곤 피나무 가로수 길을 따라…….

그때 한 사내아이가 나를 뒤쫓아와 쪽지를 건넸다.

언니에게 모든 것을 이야기했더니, 당신과 헤어지라고 요구했습니다.

나는 쪽지를 계속 읽어 내려갔다.

나는 언니의 뜻을 거슬러 슬프게 만들고 싶지 않아요. 신의 보살핌으로 행복하시기를. 나를 용서하세요. 다만 당신이 나와 어머니가 얼마나 슬피 울고 있는지를 아신다면 좋겠습니다!

이윽고 컴컴한 가문비나무 길, 무너진 울타리…… 한때는 호밀이 꽃을 피우고 메추리가 울던 들판에서, 지금은 암소 떼와 앞발이 묶인 말들이 방황하고 있었다. 언덕배기 군데군데에 갖가지 작물이 자라나 파랗게 너울거렸다.

마음이 텅 빈 것처럼 허전했다. 내가 볼챠니노프 씨네 집에서 지껄였던 모든 말들이 부끄러워졌다. 그리고 예전처럼 사는 것이 너무나 따분해졌다.

나는 집으로 돌아오자마자 짐을 챙겨서 페테르부르크로 떠났다. 그 후로 볼챠니노프 씨네 집안 사람들을 두 번 다시 보지 못했다. 그러다 얼마 전에 크림반도를 여행하다가 기차 안에서 우연히 벨로쿠로프를 만났다. 여전히 수가 놓인 와이셔츠에 외투를 걸치고 있었다. 잘 지내는지 묻자 "덕분에."라고 쾌활하게 답했다.

우리는 이야기를 자못 길게 나누었다. 그는 자기 땅을 팔고 류보피 이바노브나의 명의로 조금 작은 땅을 샀다고 했다. 볼챠니노프 씨네 사람들의 소식도 조금 들려주었다.

그의 말에 따르면 리디야는 여전히 셀코프카에서 살고 있으며, 초등학교에서 아이들을 가르치고 있었다. 그녀 말에 동조하는 사람들을 한데 모아 강력한 모임을 만들었는데, 최근에 열린 자치회 선거에서 군 전체를 손아귀에 넣고 쥐락펴락하던 발라긴을 밀어냈다고 했다. 그가 제냐에 관해 말해 준 거라곤 여전히 그 집에 있지 않다는 것뿐이었다. 어디에 있는지조차 모른다고 했다.

나는 이제 다락방이 있는 집에 관해서는 차츰 잊어 가기 시작했다. 다만 어쩌다 그림을 그리거나 책을 읽을 때면 이유도 없이 불현듯 그 집 창문에 비쳤던 녹색 불빛이라든가, 어느 밤에 사랑에 빠진 내가 추위로 두 손을 맞비비며 집으로 돌아오는 길에 들판에서 울려 퍼졌던 내 발소리가 떠올랐다.

그런데 아주 드물게 고독에 시달리며 애절해질 때면 막연한 추억에 잠기면서, 어째선지 제냐 또한 나를 떠올리며 어딘가에서 기다리고 있을 것 같다는 기분이 들었다. 언젠가는 다시 만나게 될 것이라는 예감이 조금씩 들기 시작했다.

"제냐, 당신은 지금 어디에 있나요?"

제 7 편
약혼녀

1

밤 10시였다. 보름달이 마당을 환하게 비추고 있었다. 슈민의 집에서는 마르파 미하일로브나 할머니의 요청으로 시작한 저녁 예배가 이제 막 끝났다.

나댜는 지금 잠시 마당으로 나왔다. 사람들이 홀에서 저녁 식사를 하기 위해 테이블보를 덮고 있었다. 값비싼 비단옷을 차려입은 할머니가 서두르라고 재촉하는 것이 보였다.

교회의 부사제인 안드레이 신부는 나댜의 어머니인 니나 이바노브나와 무언가 긴밀하게 이야기를 나누고 있었다. 저녁 불빛이 비치는 창문 너머에 서 있는 어머니가 오늘따라 퍽 젊어 보였다. 안드레이 신부의 아들 안드레이 안드레이치가 그 옆에 서서 두 사람의 이야기를 주의 깊게 듣고 있었다.

정원은 조용하고 시원했다. 땅 위에는 검은 그림자가 나직이 드리워져 있었다. 어디선가 개구리 울음소리가 들려왔다. 5월 이라는 계절이 피부로 생생하게 느껴졌다. 5월이 빚어낸 느낌 이 정답게 마당을 감돌았다.

나댜는 5월의 향기를 가슴 깊이 들이마셨다. 그녀는 연약하 고 죄 많은 사람은 결코 맛볼 수 없는, 신비롭고 아름답고 거룩 하고 풍요로운 봄의 삶은 이곳이 아니라 수목이 우거진 저 하늘 밑, 도시에서 멀리 떨어진 들과 숲속에서 피어오르고 있다고 생 각했다. 그러자 괜히 울고 싶은 마음이 들었다.

나댜는 이제 스물세 살이었다. 그녀는 열여섯 살 때부터 결혼 에 대해 진지하게 생각해 왔다. 그러다가 마침내 창밖에 서 있 는 안드레이 안드레이치와 약혼을 했다. 그때만 해도 그가 무척 마음에 들었다.

결혼식은 7월 7일로 정했다. 그런데 어찌 된 일인지 요즘은 도무지 즐겁지가 않았다. 그녀는 밤에 잠을 잘 이루지 못했고, 시름 가득한 표정을 자주 지었다…….

지하실에 있는 부엌에서 하인들이 허둥거리며 발을 구르고 문을 쾅 닫는 소리가 들려왔다. 칠면조 튀기는 냄새에 식초와 소금으로 절인 버찌 냄새가 섞여서 풍겨 왔다. 왠지 평생 동안 지금과 조금도 다르지 않은 생활이 반복될 것 같다는 생각이 들었다.

그때 누군가가 집에서 나와 현관 앞에 멈추어 섰다. 그는 열흘 전에 모스크바에서 온 알렉산드르 티모페이치라는 손님이었다. 모두 그를 사샤라고 불렀다.

오래전에 몸체가 작고 허약한, 몰락한 귀족 미망인인 먼 친척 페트로브나가 할머니에게 도움을 받으러 온 적이 있었다. 사샤는 그녀의 아들이었다.

사람들은 그를 훌륭한 화가라고 말했다. 그의 어머니가 세상을 떠난 뒤, 할머니는 명복을 비는 마음으로 그를 모스크바의 카미사로프스키 학교에 입학시켰다. 약 이 년 후에 그는 미술 학교로 옮겼고, 그곳에서 십오 년을 다닌 끝에 어렵사리 건축학과를 졸업했다.

그런데 지금은 건축 일을 하지 않고 모스크바의 한 석판 인쇄소에서 일하고 있었다. 해마다 여름이 되면 매우 쇠약한 몰골로 휴양을 하러 할머니를 찾아왔다.

그는 단추를 채운 프록코트와 낡아 빠진 무명 바지를 입고 있었다. 셔츠에는 구김이 잔뜩 가 있었다. 그의 모습에서 산뜻한 면이라고는 조금도 찾아볼 수 없었다. 그는 몹시 여윈 데다 유난히 눈이 컸다. 손가락은 아주 길고 가늘었다. 수염도 많고 살

결도 검었지만 얼굴만큼은 꽤 잘생겼다.

사샤는 슈민 댁 사람들과는 가족처럼 친숙하게 지내온 터라 제 집처럼 편안하게 느끼는 듯했다. 그가 여기서 머무는 방도 언젠가부터 아예 사샤의 방이라고 불렀다.

현관으로 나온 그는 나댜를 보자마자 성큼성큼 다가왔다.

"여기는 참 좋은 곳이군요."

사샤가 말을 건넸다.

"물론이죠. 좋은 곳이에요. 당신이 여기서 가을까지 머무르시면 좋겠어요."

"네, 아마 그럴 겁니다. 9월까지는 여기서 지낼까 합니다."

사샤는 실없이 웃고는 나댜 옆에 나란히 앉았다.

"나는 여기 앉아서 어머니를 바라보고 있었어요."

나댜가 말했다.

"여기서 보니까 어머니가 무척 젊어 보이네요. 물론 어머니도 결점을 가진 사람일 테지만요."

그녀는 잠시 말을 멈추었다가 다시 덧붙였다.

"어쨌든 어머닌 평범하지 않은 분이세요."

"네, 좋은 분이지요······."

사샤는 금방 동의를 표했다.

"당신의 어머니는 내가 생각하기에도 매우 친절하고 인자하신 분입니다. 하지만······ 뭐라고 할까요? 오늘 아침 일찍 부엌에 가 보았는데요. 하녀 넷이 마룻바닥에서 그대로 자고 있더군요. 당연히 침대는 없었고요. 침대 대신 바닥에 깔린 누더기에서는 악취가 진동하는 데다 빈대와 진딧물이……. 이십 년 전과 완전히 똑같았습니다. 달라진 게 전혀 없었어요. 할머니는 그렇다 쳐도 어머니는 프랑스어도 하실 줄 알고 연극에도 참여하실 만큼 교양 있으신 분이지 않습니까?"

사샤는 이야기를 하면서 나댜 앞으로 길고 여윈 손가락 두 개를 내밀었다.

"나는 여기 있는 모든 것과 친해지질 않아요."

그는 계속 말을 이었다.

"어느 누구도 일을 하지 않더군요. 어머니는 하루 종일 공작 부인처럼 산책이나 하시고, 할머니 역시 아무것도 하지 않으세요. 당신도 마찬가지고요. 당신의 약혼자 안드레이 안드레이치 역시 일이라고는 전혀 모르는 사람이더군요."

나댜는 그 말을 작년과 재작년에도 들었던 것 같았다. 사샤하고 달리 할 말이 없다는 것을 잘 알기 때문에, 전에는 그 말이 우습게 느껴졌지만 이제는 짜증이 치밀었다.

"그런 낡고 오래된 이야기는 싫증이 나요. 앞으론 좀 더 새로운 얘기를 하셨으면 해요."

그녀는 자리에서 일어섰다.

사샤는 빙그레 웃더니 나댜를 따라 일어났다. 두 사람은 집

쪽으로 천천히 걸음을 옮겼다. 그녀는 날씬하고 예쁜 데다 몸에 균형이 잘 잡혀 있어서, 사샤와 나란히 서면 퍽 건강하고 우아해 보였다. 나댜도 그것을 느끼고 있었다. 그가 갑자기 가엾게 느껴지면서 멋쩍은 기분이 들었다.

"말씀이 좀 지나치신 것 같아요."

그녀가 말했다.

"방금 저의 안드레이에 대해 얘기하셨는데, 당신은 그이를 잘 모르잖아요?"

"저의 안드레이라⋯⋯. 당신의 안드레이에게 신이 함께하시길! 난 당신의 젊음이 가엾습니다."

그들이 홀 안으로 들어섰을 때는 저녁 식사를 하려고 모두 식탁에 앉아 있었다. 할머니는 자못 뚱뚱한 체격이었는데, 예쁘지 않은 얼굴에 눈썹이 짙었다. 항상 큰 소리로 말하곤 했기에, 그 목소리나 말하는 품새에서 이 집안의 가장이라는 것을 누구나 단박에 알아차릴 수 있었다.

시장의 점포 여러 개와 정원이 있는 오래된 집을 소유하고 있었다. 매일 아침 파멸로부터 자기를 구해 달라고 신에게 기도하며 눈물을 흘렸다. 할머니의 며느리이자 나댜의 어머니인 니나 이바노브나는 늘 꽉 조이는 옷을 입었는데, 코안경을 걸치고서 손가락마다 다이아몬드 반지를 끼고 있었다.

홀쭉하게 여윈 안드레이 신부는 이가 몇 개밖에 없어서, 마치 금방이라도 농담을 던질 것 같은 표정을 짓고 있었다. 그의 아들이자 나댜의 약혼자인 안드레이 안드레이치는 통통한 체격에 곱슬머리를 가진 미남이었다. 언뜻 예술가처럼 보이기도 했다.

"일주일만 지나면 나아질 거야. 좀 더 많이 먹어라. 어휴, 저 꼴 좀 봐! 꼴이 말이 아냐! 방탕한 녀석!"

할머니가 한숨을 내쉬며 사샤에게 잔소리를 했다.

그러자 안드레이 신부가 눈웃음을 지으며 끼어들었다.

"아버지가 재산을 죄다 탕진해 버려서. 망나니 떼거지들과 어울렸으니까요⋯⋯."

"저는 아버지를 사랑합니다. 아주 훌륭한 분이시니까요. 정말 좋은 분이시지요."

안드레이는 느닷없이 이렇게 말하고는 아버지 어깨에 다정히 손을 얹었다.

한순간 모두가 말이 없었다. 사샤가 갑자기 웃음을 터뜨리며 냅킨으로 입을 막았다.

안드레이 신부가 니나 이바노브나에게 물었다.

"부인께서는 최면술을 믿으시나요?"

"그런 걸 믿는다고 확언할 수는 없어요. 하지만 자연 현상에는 비밀스럽고 이해할 수 없는 것이 많다는 걸 인정하지 않을 수는 없어요."

니나 이바노브나는 자못 엄숙한 표정으로 대답했다.

"부인 말씀에 전적으로 동감입니다. 하지만 종교가 그런 신비스러운 영역을 크게 줄이고 있다는 사실을 덧붙여야겠습니다."

그때 엄청 커다란 칠면조 요리가 식탁에 올라왔다. 안드레이 신부와 니나 이바노브나는 대화를 계속 이었다.

니나 이바노브나의 손가락에서 다이아몬드가 연신 반짝였다. 어느 한 순간, 그녀의 두 눈에서 눈물이 살짝 비쳤다. 무슨 일인지는 모르지만 잠깐 흥분한 모양이었다.

그녀가 말했다.

"신부님과 계속 논쟁을 벌일 수는 없지만, 살아가는 데에는 해결할 수 없는 수수께끼가 많다는 것만은 인정해 주세요."

"자신 있게 말씀드리건대, 그런 건 아무것도 없습니다."

식사가 끝나자 안드레이 안드레이치는 바이올린을 켰고, 니나 이바노브나는 피아노를 연주했다. 안드레이는 십 년 전에 대학에서 어문학부를 졸업했으나, 한 번도 직장을 구한 적은 없었다. 가끔씩 자선 음악회에 참가해 연주를 했는데, 그 때문인지 마을에선 그를 예술가라고 불렀다.

안드레이 안드레이치는 계속 바이올린을 켰고, 다른 사람들은 조용히 귀를 기울였다. 탁자 위에서는 사모바르가 팔팔 끓고 있었는데, 차를 마시는 건 사샤뿐이었다. 시계가 열두 시를 알렸을 때, 갑자기 바이올린 줄이 툭 끊어져 버렸다. 모두들 한바탕 웃고는 서둘러 작별 인사를 나누었다.

나다는 약혼자를 배웅한 뒤, 어머니와 함께 쓰는 이층으로 올라갔다. (아래층은 할머니가 쓰고 있었다.) 아래층 홀의 불이 꺼졌지만, 사샤는 여전히 제자리에 앉아 차를 마셨다. 그는 모스크바식으로 오랫동안 차를 마셨는데, 한꺼번에 일곱 잔씩이나 마셨다. 나다는 옷을 벗고 침대로 가서 누웠다. 아래층에서는 하녀가 움직이는 소리와 할머니의 고함 소리가 오래도록 들려왔다. 이윽고 모든 게 잠잠해졌다. 아래층 사샤의 방에서 기침 소리만 간간이 들려왔다.

2

나다가 잠에서 깼을 때는 두 시쯤으로, 날이 서서히 밝아 오고 있었다. 어디선가 야경꾼의 딱딱이 소리가 들려왔다. 침대가 매우 푹신했는데, 오히려 그것이 거북스러워서 잠이 더 오지 않는 듯했다.

5월이 되면서 밤마다 그랬듯, 그녀는 침대에 앉아 골똘히 생각에 잠겼다. 어젯밤과 마찬가지로 쓸데없고 성가신 생각들뿐이었다. 안드레이가 그녀에게 접근해서 청혼했던 일, 그리고 그녀가 청혼을 수락한 뒤 그 선량하고 영민한 청년의 좋은 점을 조금씩 알게 되었던 일 등이었다.

결혼식이 한 달 남짓 남은 요즘, 그녀는 무슨 까닭인지 막연하고 답답한 어떤 일이 그녀를 기다리고 있는 듯한 공포와 불안을 느끼기 시작했다.

"뚝 딱 뚝 딱……."

야경꾼이 느릿느릿하게 딱딱 소리를 내었다.

"뚝 딱……."

낡고 커다란 창문 너머로 정원의 구석에서 냉기로 축 늘어진 채 마치 졸고 있는 듯한 라일락 덤불이 보였다. 하얗고 짙은 안개는 라일락 주위를 조용히 떠다니며 나무를 슬며시 감쌌다. 나뭇가지 위에서는 까마귀가 졸린 목소리로 느리게 울어 댔다.

'아, 왜 이리 답답할까? 어쩌면 결혼식을 앞둔 약혼녀들은 다 똑같이 느끼는 감정인지도 몰라. 누가 알 수 있담! 혹시 사샤의 영향은 아닐까? 하지만 사샤는 몇 년 전부터 항상 판에 박힌 듯 똑같은 말만 되풀이해 왔는걸. 그럴 때마다 순진하고 기묘한 사람이라고 생각했는데……. 사샤가 왜 내 머릿속에서 사라지지 않는 거지? 대체 왜?'

이제 딱딱거리는 소리는 더 이상 들리지 않았다. 창문 아래 정원에서는 새들이 지저귀기 시작했고, 안개도 서서히 걷혀서 봄의 햇살이 사방을 환한 미소처럼 밝게 비추었다. 정원은 햇볕을 받아 따뜻한 활기가 넘쳐흐르고, 잎사귀 위에서는 이슬방울이 다이아몬드처럼 반짝였다. 오늘 아침에는 오랫동안 돌보지 않았던 정원이 유달리 싱그럽고 근사해 보였다.

할머니는 벌써부터 깨어 있었다. 사샤는 거칠고 낮은 소리로 기침을 하기 시작했다. 아래층에서는 사모바르를 올리는 소리와 의자를 움직이는 소리가 연거푸 들려왔다.

시간은 매우 천천히 흘렀다. 나댜는 오래전부터 일어나 정원을 한참 거닐었는데도 여전히 아침 시간이었다.

니나 이바노브나가 탄산수가 든 컵을 손에 든 채 눈물을 글썽거리며 나타났다. 그녀는 요즘 강령술과 동종 요법에 빠져서 그와 관련된 책을 많이 읽었다. 그래서인지 자기가 품고 있는 여러 가지 의문에 대해 누구하고든 이야기 나누는 것을 좋아했다.

나댜는 그 모든 것에 깊고 비밀스러운 의미가 깃들어 있다고 생각했다. 어머니에게 아침 인사로 입을 맞추고는 나란히 걷기 시작했다.

"왜 우셨어요, 어머니?"

"어젯밤에 어떤 노인과 딸에 대한 소설을 읽기 시작했거든. 노인이 일하는 곳에서, 딸이 주인과 사랑에 빠졌지 뭐니? 아직 다 읽지는 못했지만, 그 대목에서 눈물이 주르르 흐르더구나."

니나 이바노브나는 이야기를 잠깐 멈추고 탄산수를 한 모금 마셨다.

"오늘 아침에 그 생각이 나서 또 눈물이 흐르지 뭐야?"

"저는 요즈음 기분이 그다지 좋지 않아요."

나댜는 잠시 말을 멈추었다가 다시 입을 열었다.

"왜 밤마다 잠을 이룰 수 없을까요?"

"글쎄, 모르겠구나. 나는 잠이 안 오면 눈을 꼭 감고 안나 카레니나가 걷고 말하는 모습을 머릿속으로 그려 본단다. 아니면 아주 먼 옛날의 역사적인 일을 상상하든가……."

나댜는 어머니가 자기 말을 이해하지 못하고 있으며, 또 이해할 수도 없다는 것을 깨달았다. 이런 생각이 든 것은 처음이었다. 왠지 두려움이 느껴지면서 달아나고 싶은 마음이 들었다. 그래서 자기 방으로 얼른 돌아왔다.

두 시가 되자 모두들 식사를 하러 식탁에 모여 앉았다. 사순절의 수요일이었다. 할머니는 특별히 사순절 수프와 묽은 죽을 곁들인 잉어 요리를 준비했다.

사샤는 할머니를 놀라게 해 줄 양으로 자기 몫의 고깃국과 사순절 수프를 다 먹어 치웠다. 식사를 하면서 농담을 던지기도 했다. 그의 농담은 너무 무겁고 도덕적이어서 전혀 웃기지 않았다. 그는 길고 야윈 손가락을 들어 올리며 최선을 다했지만 그 누구도 웃지를 않았다. 그럴 때마다 나댜는 나약하기 그지없는 그가 그리 오래 살지 못할 것이라는 생각이 들었다. 그러면 눈물이 날 정도로 가엾게 느껴졌다.

식사가 끝나자마자 할머니는 자기 방으로 돌아갔다. 니나 이바노브나도 잠깐 동안 피아노를 치다가 밖으로 나가 버렸다.

"아, 사랑스러운 나쟈."

사샤는 식사 후에 항상 똑같이 하는 이야기를 꺼냈다.

"만약 당신이 내 말에 귀를 기울여 주었다면 얼마나 좋았을까?"

나쟈는 낡은 안락의자에 앉아 두 눈을 감고 있었고, 사샤는 방 안을 이리저리 돌아다녔다.

"당신이 대학에 갔으면 참 좋았을 텐데!"

그가 안타까운 표정으로 말했다.

"인간이란 모름지기 고상해야 하고 교양이 있어야 합니다. 우리 사회에는 그런 사람이 필요합니다. 그런 사람이 많을수록 하느님의 나라가 이 땅에 빨리 도래할 겁니다. 당신이 사는 이 도시도 조금씩 변하여, 머지않아 모든 것이 거꾸로 뒤집히게 될 것입니다.

그러면 여기엔 거대하고 멋진 집들이 들어서고, 아름다운 정원과 훌륭한 분수가 세워지고, 덕망 높은 사람들이 살게 되겠지요……. 하지만 중요한 건 그런 것이 아닙니다. 우리가 생각하는 저속한 사람들, 즉 지금 저기의 저속한 사람들이 그때는 존재하지 않을 것이라는 사실입니다.

왜냐하면 그때엔 누구나 올바른 믿음을 가질 것이고, 무엇 때문에 살아가는지 인지할 것이며, 어느 누구도 저속한 사람들을 상대하려 들지 않을 테니까요. 귀엽고 사랑스러운 나쟈, 지금이라도 떠나세요! 이렇게 죄에 물들어 숨 막히는 생활을 당신이 얼마나 싫어하는지 모두에게 보여 주십시오! 적어도 자기 자신에게라도 보여 주세요!"

"그럴 수는 없어요, 사샤. 나는 결혼을 해야 하는걸요."

"또 그런 말을! 도대체 결혼을 해서 무얼 한단 말입니까?"

두 사람은 정원으로 나가 잠시 거닐었다.

"나댜, 당신은 이런 무의미한 생활이 얼마나 부정하고 부도덕한지 제대로 알아야 해요."

사샤는 계속 말을 이었다.

"생각해 보십시오. 당신과 어머니, 그리고 할머니가 아무 일도 하지 않는다는 것은, 다르게 말하면 누군가 대신 일을 한다는 뜻이지 않습니까? 당신들은 다른 사람들의 삶을 빼앗는 겁니다. 과연 이걸 떳떳하고 깨끗하다고 할 수 있을까요?"

나댜는 "네, 당신 말이 옳아요."라고 말하고 싶었다. 이해한다고 말하고도 싶었다. 그러나 눈물이 두 눈을 가려서 아무 말도 하지 못한 채 몸을 움츠리고서 자기 방으로 들어가 버렸다.

저녁에 안드레이 안드레이치가 찾아와서, 늘 하던 대로 오랫동안 바이올린을 켰다. 그는 말이 거의 없는 편이었다. 어쩌면 바이올린을 좋아하는 것도 연주하는 동안에는 조용히 있을 수 있기 때문인지도 몰랐다.

열두 시가 되자 안드레이는 집으로 돌아가려고 외투를 걸쳐

입었다. 그러고는 나댜를 껴안고 얼굴과 어깨와 손에 열렬하게 입을 맞추었다.

"나의 사랑, 당신은 참으로 아름다워요……."

그가 나직이 속삭였다.

"오오, 나는 지금 너무나 행복해요! 황홀한 나머지 미쳐 버릴 것만 같습니다!"

나댜는 그런 말을 언젠가 아주 오래전에 들은 것 같기도 했다. 아니면 낡디 낡아서 애저녁에 저만치로 던져 버린 소설책에서 읽은 듯하기도 했다.

사샤는 홀에 있는 테이블에 앉아서 기다란 손가락으로 작은 찻잔을 잡고서 차를 마시고 있었다. 할머니는 혼자 카드 점을 쳤고, 니나 이바노브나는 책을 읽었다. 램프에서만 불꽃이 활활 타올랐을 뿐, 모든 것이 조용하고 아늑했다.

나댜는 저녁 인사를 하고는 위층의 자기 방으로 올라가 자리에 누워 곧바로 잠이 들었다. 그러나 지난밤과 마찬가지로, 날이 샐 무렵에 홀연히 잠에서 깼다. 더 이상 잠이 오지 않는 데다 불안한 기분에 휩싸여 답답하기까지 했다.

그녀는 일어나 앉아 무릎에 머리를 얹고 약혼자 안드레이와의 결혼식을 상상해 보았다. 갑자기 어머니가 돌아가신 아버지를 사랑하지 않았다는 사실이 떠올랐다. 게다가 지금은 아무것도 가진 것이 없어서, 할머니에게 의지하여 살아가고 있었다.

그러자 지금까지 어머니를 특별하고 뛰어난 사람이라고만 여겼을 뿐, 너무나 평범하고 불행한 여인이라는 사실을 깨닫지 못했던 게 의아하게 여겨졌다.

사샤가 아래층에서 잠을 자지 않는지 기침 소리가 연거푸 들려왔다. 나댜는 그가 기묘하고 천진한 데가 있는 사람이라고 생각했다. 그의 꿈속에 있다는 아름다운 정원과 훌륭한 분수 따위가 불현듯 우스꽝스럽게 느껴졌다.

그런데 웬일인지 그의 순진함이나 우스꽝스러움까지도 퍽 훌륭하게 여겨졌다. 그녀는 공부를 하기 위해 어딘가로 떠날 생각만 하면 마음이 온통 청량감과 기쁨과 환희로 가득 찼다.

'하지만 생각하지 말아야지. 생각하지 않는 게 좋아……. 그런 생각을 해선 안 돼.'

그녀는 속으로 중얼거렸다.

"똑 딱."

어딘가 멀리에서 야경꾼이 딱딱거리는 소리를 내고 있었다.

"똑 딱…… 똑 딱…….''

3

6월 중순경이 되자 사샤는 갑갑함을 견디지 못하고 모스크바로 떠나려 했다.

"난 이런 곳에서는 더 이상 살 수가 없어요. 수도가 있나, 하수도가 있나? 음식들은 죄다 토할 것만 같아요. 부엌이 지저분한 것도 견딜 수가 없고요……."

그는 한껏 우울한 목소리로 말했다.

"좀 더 기다려 봐. 이 모자란 녀석 같으니! 7월에 결혼식이 있잖아!"

할머니는 낮은 소리로 타일렀다.

"그때까지 있을 수 없어요."

"9월까지 우리 집에 머물겠다고 하지 않았니?"

"하지만 더는 기다릴 수가 없어요. 저는 일을 해야 해요!"

여름은 습기가 차고 냉기가 서려 나무들이 늘 축축했다. 정원의 모든 것이 황량해 풀이 죽은 듯이 보였다. 이러한 것들이 더욱더 일하고 싶다는 마음을 불러일으켰다.

아래층과 위층의 방방마다 낯선 여자들의 목소리와 할머니의 재봉틀 소리가 반복해서 울려 퍼졌다. 나댜의 결혼식 준비가 한창이었다. 나댜를 위해 모피 코트를 여섯 벌 만들었는데, 할머니의 말에 의하면 그중 제일 저렴한 것이 300루블이나 한다고 했다.

사샤는 이런 소동이 매우 귀찮았다. 방 안에 틀어박혀서 걸핏하면 화를 냈지만, 떠나는 것을 모두가 말렸기 때문에 7월 10일까지는 머무르겠다고 약속했다.

시간은 매우 빠르게 흘렀다. 성 베드로의 날, 안드레이 안드레이치는 점심 식사를 마친 뒤 신혼집을 살펴보기 위해 나댜와 함께 모스크바로 갔다.

신혼집은 이층짜리 건물이었는데, 아직 위층만 깔끔하게 정돈되어 있었다. 홀의 바닥은 나무 조각으로 매끈하게 시공을 해 두었는데, 한쪽에 절묘하게 휘어진 나무로 만든 의자들이 가지런히 놓여 있었다. 그 옆에는 피아노와 바이올린의 악보 받침대가 있었다. 무엇보다 페인트 냄새가 진동했다. 그리고 벽에는 커다란 그림이 금빛 액자에 담긴 채 덩그러니 걸려 있었다. 나체의 여인이 손잡이가 떨어져 나간 보라색 꽃병을 든 모습이었다.

"훌륭한 그림입니다."

안드레이 안드레이치는 이렇게 말하며 감탄하듯 숨을 크게 내쉬었다.

"이건 화가 시시마체프스키의 작품이에요."

더 안쪽에는 짙은 청색 덮개가 씌워진 소파와 안락의자가 둥근 탁자와 함께 놓여 있는 응접실이 있었다. 소파 위에는 신부 모자를 쓰고 훈장을 단 안드레이 신부의 커다란 초상화가 걸려 있었다. 그다음에는 찬장이 달린 식당을 둘러보고 나서 침실로 향했다. 약간 어두운 침실에는 침대 두 개가 나란히 놓여 있었는데, 이곳은 일부러 쾌적한 인상을 주게끔 꾸미려 애쓴 것 같았다.

안드레이 안드레이치는 이 방 저 방을 둘러보면서 내내 나댜의 허리를 껴안고 있었다. 그런데 나댜는 줄곧 자신이 마치 죄를 짓고 있는 것처럼 느껴졌다. 방이니 침대니 안락의자니 하는 모든 것이 혐오스러웠다. 게다가 나체 여인이 그려진 그림은 그녀의 마음을 몹시 불안하게 만들었다.

그녀가 안드레이 안드레이치를 사랑하지 않는 것은 이제 명백해졌다. 어쩌면 그동안 단 한 번도 사랑하지 않았는지도 모른다. 그런데 이것을 어떻게 표현해야 할지, 누구한테 뭐라고 이야기해야 할지 알 수가 없었다. 이런 감정에 대해 그토록 매일 밤마다 생각했건만…….

안드레이는 나댜의 허리를 안고서 다정하고 진지하게 이야기했다. 그는 보금자리를 이리저리 오가며 무척 행복해했다. 하지만 나댜는 이 모든 것에서 어리석고 참기 어려운 저속함만 보일 뿐이었다. 자신의 허리를 휘감은 그의 손조차 쇠로 만든 고리처럼 거칠고 싸늘하게 느껴졌다. 그녀는 울음을 터뜨리며 뛰쳐나가 창밖으로 몸을 던지고 싶은 충동에 휩싸였다.

안드레이는 그녀를 욕실로 데리고 가서는 벽에 붙어 있는 수도꼭지를 틀었다. 그러자 물이 콸콸 쏟아지기 시작했다.

그는 환히 웃으며 말했다.

"어때요? 1,200리터들이 물탱크를 설치했지요. 물 걱정은 조금도 안 해도 돼요."

두 사람은 마당을 한 바퀴 둘러보고 나서 거리로 나와 마차를 불렀다. 먼지가 짙은 구름처럼 거리를 뒤덮었다. 금세 비가 쏟아질 것만 같았다.

"춥지 않아요?"

안드레이가 먼지 때문에 두 눈을 깜빡이면서 물었다. 그녀는 아무 대꾸도 하지 않았다.

그는 잠시 입을 다물었다가 이렇게 물었다.

"어제 사샤가 나를 보고 아무것도 못 한다면서 비난한 것을 기억하죠? 그 말이 맞아요! 맞고말고요! 나는 아무것도 하지 못해요. 나댜, 왜 그런 걸까요? 왜 모자에 휘장을 달고 관청에서 일하는 건 생각만 해도 싫은 걸까요? 왜 변호사나 라틴어 교사나 경영자들을 보면 마음이 편치 않을까요? 아, 어머니인 조국! 아아, 어머니 같은 러시아는 그 품 안에 얼마나 많은 게으르고 쓸모없는 자들을 안고 있는지! 나처럼 쓸모없는 자들을 얼마나 많이 짊어지고 있는지!"

그는 아무것도 하지 않는 자신을 일반화시키면서 그것을 시대의 탓으로 돌렸다.

"우리가 결혼을 하면 시골로 가서, 거기서 일을 합시다! 과수원이나 강가의 작은 토지를 사서 열심히 일하며 인생을 똑바로 바라봅시다……. 아아, 얼마나 훌륭할까요!"

그가 모자를 벗자 머리칼이 바람에 나부꼈다. 그러나 나댜는 그의 이야기를 들으며 '아, 집으로 돌아가고 싶다!'라는 생각만 하고 있었다.

마침내 집 근처까지 왔을 때, 그들은 안드레이 신부와 마주치게 되었다.

"아, 저기 아버지가 오시는군요!"

안드레이는 무척 기뻐하며 모자를 흔들었다.

"저는 아버지를 무척이나 사랑한답니다. 좋은 분입니다. 훌륭한 어르신이지요."

그는 마부에게 돈을 지불하면서 덧붙였다.

나댜는 집으로 돌아왔으나, 매일 밤 손님들을 접대하면서 미소를 지을 생각에 기운이 쭉 빠졌다. 바이올린 소리에 귀를 기울이고 허튼소리를 들으며, 오직 결혼식에 관한 이야기만 해 댈 것을 생각하자 짜증스러워지면서 마음이 편치가 않았다. 할머니는 값비싼 비단옷을 입고는 거드름을 부리며, 손님들 앞에서 항상 그렇듯이 근엄한 표정으로 앉아 있었다.

그때 안드레이 신부가 교활한 미소를 지으며 집 안으로 들어왔다.

"여전히 이렇게 건강하신 걸 뵈니, 진심으로 기쁘고 감사한 마음뿐입니다."

그가 할머니에게 말했다. 농담인지 진담인지 분간하기가 어려웠다.

4

바람이 창문과 지붕을 연이어 두드렸다. 바깥에서 휘파람 소리가 들려오는 듯했다. 난로 속에서는 요정이 우울하고 슬프게 노래를 부르는 것 같았다. 자정이 넘자 집안사람들은 모두 잠자리에 들었다. 하지만 어느 누구도 잠이 들지는 않았다.

나댜는 아래층에서 누군가 바이올린을 켜고 있다는 착각이 들었다. 쾅, 하는 소리가 들린 것은 아마도 덧문이 떨어졌기 때문이리라. 잠시 후 니나 이바노브나가 잠옷만을 입고 촛불을 손에 든 채 방으로 들어왔다.

"쾅, 하는 소리가 들리지 않았니, 나댜?"

어머니가 물었다.

머리를 한 가닥으로 땋아 늘이고 수줍은 미소를 띤 어머니가 폭풍우 치는 이 밤엔 더 늙어 보였다. 키마저 한층 작아진 듯이 느껴졌다. 나댜는 얼마 전까지만 해도 어머니가 비범한 사람이라고 생각하며 그녀의 말이라면 무조건 귀를 기울였던 것이 떠올랐다. 그러나 지금은 어머니가 한 말들을 하나도 기억하지 못했다. 기억에 남아 있는 것은 하나같이 모호하고 쓸데없는 말뿐이었다.

난로 속에서 나던 낮은 베이스의 노랫소리가 이제는 "아아, 신이여!" 하고 울부짖는 듯이 들려왔다. 나댜는 침대에서 벌떡 일어나 앉아 머리칼을 와락 움켜쥐고는 흐느껴 울기 시작했다.

"어머니, 어머니! 제가 지금 어떤 상태인지 아신다면! 제발 제가 떠날 수 있게 해 주세요! 부탁이에요."

"떠난다니! 어디로?"

영문을 모르는 니나 이바노브나는 이렇게 물으며 침대 가장자리에 앉았다.

"대체 어디로 간단 말이냐?"

나댜는 그저 눈물만 흘릴 뿐, 단 한 마디도 입 밖에 뱉어 낼 수가 없었다.

"이 도시를 떠나게 해 주세요!"

드디어 그녀는 속마음을 털어놓기 시작했다.

"결혼식도 하고 싶지 않아요. 저는 그 사람을 사랑하지 않아요……. 그 사람 이야기는 입에 담기도 싫어요."

"아니, 얘야! 아니다."

니나 이바노브나는 매우 놀라서 빠르게 말하기 시작했다.

"진정해. 기분이 무척 안 좋은가 보구나. 곧 나아질 거다. 이런 일은 흔한 거야. 안드레이와 말다툼이라도 한 모양이지? 사랑하는 사람끼리는 싸우는 것도 즐거운 일이란다."

"아녜요, 어머니. 제 방에서 나가 주세요. 어서 나가 줘요!"

나댜는 흐느껴 울기 시작했다.

"그러마."

니나 이바노브나는 나직이 말을 이었다.

"지금까지 너는 소녀였지만, 이제는 결혼할 때가 된 여자란 다. 세상일이란 이렇게 늘 변하는 거야. 이제 너도 어머니가 되고 할머니가 되고, 또 나처럼 말 안 듣는 딸을 갖게 되겠지."

나댜가 말했다.

"어머니, 어머니는 현명하신 분이세요. 하지만 불행한 분이기도 하지요. 어머니는 몹시 불행한 분이세요. 왜 그런 말씀을 하시는 거죠? 왜요?"

니나 이바노브나는 무슨 말인가 하려고 입술을 달싹였지만 한 마디도 내뱉지 못했다. 그저 흐느껴 울며 자기 방으로 가 버렸다. 나댜는 난로 속에서 들리던 노랫소리가 다시 윙윙거리는 소리로 바뀌자 더럭 무서워지기 시작했다.

침대에서 벌떡 일어나 어머니 방으로 쏜살같이 뛰어갔다. 니나 이바노브나는 눈물에 젖은 채 푸른색 이불을 덮고 침대에 누워 있었다. 양손에 책을 들고서.

나댜는 어렵사리 입을 열었다.

"어머니, 제 말을 들어 보세요! 깊이 생각하고 이해해 주세요.

우리 생활이 얼마나 하잘것없고 무의미한지 어머니는 아실 거예요. 저는 이제야 눈을 뜨고 모든 것을 제대로 보게 되었어요. 안드레이 안드레이치가 도대체 뭐란 말이에요? 그는 전혀 똑똑한 사람이 아니에요! 세상에! 어머니, 그는 아주 바보예요!"

니나 이바노브나는 감정이 격하여 침대에서 일어나 앉았다. 그러고는 흐느끼며 말했다.

"너와 할머니는 항상 나를 괴롭히는구나! 나는 살고 싶다! 살고 싶어!"

그러고는 손바닥으로 가슴을 두어 번 내리쳤다.

"나에게도 자유를 주렴! 나는 아직도 젊어. 살고 싶단 말이야. 그런데 내가 낳은 네가 나를 늙은이로 만들고 있어!"

니나 이바노브나는 이렇게 소리치고는 격렬하게 울며 침대에 쓰러진 뒤 이불로 몸을 감쌌다. 그 모습이 무척 조그맣고 가엾고 어리석어 보였다.

나댜는 자기 방으로 가서 옷을 입고 창가에 앉아 아침을 기다렸다. 그녀는 밤새도록 앉아서 생각했다. 창밖에서는 누군가가 여전히 덧문을 흔들며 휘파람을 부는 것 같았다.

아침이 되자마자 할머니는 지난밤의 거센 바람 때문에 정원의 사과가 모두 떨어지고 늙은 자두나무 한 그루가 쓰러졌다고 불평을 늘어놓았다.

당장 불을 켜고 싶을 만큼 회색빛으로 감싸여 어둠침침한 날씨였다. 모두들 춥다고 불평을 하는 사이, 비가 창문을 세차게 때리기 시작했다.

나댜는 차를 마신 후 사샤의 방으로 건너갔다. 아무 말도 없이 안락의자 옆에 무릎을 꿇고는 두 손으로 얼굴을 감쌌다.

"무슨 일입니까?"

사샤가 묻자 그녀가 대답했다.

"못 살겠어요……. 지금까지 어떻게 여기서 살아왔는지 모르겠어요. 이해할 수가 없어요! 나는 내 약혼자를 경멸해요. 나 자신도요. 이 무익하고 무의미한 생활 전부를 경멸해요……."

"뭐라고요?"

사샤는 무슨 말인지 아직 이해하지 못한 듯이 되물었다.

"어쨌거나 그건 맞는 말이긴 합니다. 옳은 생각이에요."

"이런 생활을 증오한단 말이에요."

나댜는 계속해서 말했다.

"이제 여기에서 단 하루도 견딜 수가 없어요! 내일 이곳을 떠나겠어요. 나를 어디로든 데려가 주세요. 부탁이에요!"

사샤는 잠시 동안 놀라운 눈길로 그녀를 멍하니 바라보았다. 한참 뒤에야 나댜의 말을 이해하고는 어린애처럼 기뻐했다. 마치 춤이라도 출 것처럼 발을 구르며 손뼉을 쳤다.

그는 두 손을 문지르며 말했다.

"훌륭하십니다! 오오, 얼마나 훌륭한 일입니까?"

그녀는 그가 당장 그 어떤 의미심장한 말이라도 해 주기를 기다리며 마술에 걸린 듯 그 커다란 눈을 깜빡이지도 않고 빤히 쳐다보았다. 그렇지만 그는 그녀에게 아무 말도 하지 않았다. 그녀는 그 전에는 알지 못했던 새롭고 넓은 세계가 펼쳐지는 듯한 기분이 들었다. 그래서 죽음까지 각오할 만큼 기대에 찬 눈빛으로 사샤를 바라보았다.

그는 잠시 생각에 잠겼다가 말했다.

"내일 떠나겠습니다. 당신은 나를 배웅한다고 하고 역으로 나오십시오……. 당신의 여행 가방은 내 트렁크에 넣도록 하고 표도 미리 사 두겠습니다. 세 번째 종이 울릴 때 기차에 오르세요. 우리는 같이 떠나는 겁니다. 모스크바까지 함께 간 다음에 당신 혼자 페테르부르크로 가십시오. 신분증은 가지고 있지요?"

"네, 있어요."

사샤는 열정에 차서 말했다.

"결코 후회하지 않을 거예요. 그곳에 가서 공부하세요. 그다음은 운명에 맡기십시오. 삶을 뒤엎으면 모든 것도 함께 바뀝니다. 중요한 것은 삶을 뒤엎는 것이고, 나머지는 중요치 않습니다. 그러면 내일 떠나는 거죠?"

"오! 그래요, 제발!"

나댜는 흥분한 나머지, 그 어느 때보다 마음이 괴로웠다. 집을 떠날 때까지 고통스럽고 안타까운 시간을 보내야 할 것 같았다. 그러나 이층의 자기 방에 가서 자리에 눕자마자 곧바로 잠이 들었다. 나댜는 눈물 젖은 얼굴에 미소를 띤 채 저녁때까지 곤히 잤다.

5

마침내 마차가 왔다. 모자를 쓰고 외투를 입은 나댜는 어머니와 자기 방을 다시 한번 눈에 담기 위해 이층으로 올라갔다. 그녀는 아직도 온기가 남아 있는 자기 방 침대 옆에 잠시 서 있다가 조용히 어머니 방으로 갔다. 니나 이바노브나는 자고 있었고, 방 안은 매우 조용했다. 나댜는 어머니에게 입을 맞추고 머리카락을 쓰다듬으며 잠시 동안 서 있었다……. 그리고 나서 천천히 아래층으로 내려왔다.

밖에서는 비가 억수같이 쏟아지고 있었다. 지붕을 씌운 마차가 비에 흠뻑 젖은 채 현관 옆에 서 있었다.

"마차에 앉을 자리가 없을 것 같구나, 나댜."

하녀가 트렁크를 마차에 싣는 것을 보면서 할머니가 걱정스럽게 말했다.

"이런 날씨엔 사냥도 하지 않는 법이야! 집에 있는 게 좋을 텐데. 저렇게 비가 많이 쏟아지잖니?"

나댜는 무슨 말이든 하려고 했으나 아무 말도 할 수가 없었다. 사샤는 나댜가 마차에 타는 것을 도와준 뒤 담요로 그녀의 발을 덮어 주었다. 그러고는 자기도 그 옆에 나란히 올라탔다.

"잘 가거라! 몸조심하고! 사샤, 모스크바에 가면 편지해!"

현관에서 할머니가 외쳤다.

"네, 알겠어요. 안녕히 계세요, 할머니!"

"성모님이 너를 항상 지켜 주시길!"

"무슨 날씨가 이럴까!"

사샤가 무심코 중얼거렸다.

나댜는 그제야 울기 시작했다. 할머니에게 인사를 할 때나 어머니를 보았을 때는 믿어지지 않더니, 이제는 정말 떠난다는 것이 실감났다.

'안녕, 내 고향!'

안드레이와 그의 아버지, 신혼집, 꽃병, 나체 여인이 그려진 그림 등이 머릿속에 차례로 떠올랐다. 그 모든 것들은 그녀를 두렵게 하거나 마음을 무겁게 하기는커녕 야비하고 천박하게 느껴지며 뒤로 점점 멀어져 갔다.

얼마 뒤 두 사람은 기차에 올랐다. 기차가 움직이기 시작하자 그처럼 커다랗고 심각했던 과거가 아주 조그맣게 뭉쳐 보였다. 지금까지 조그맣게만 보이던 미래가 차츰 광대하게 펼쳐졌다. 비는 계속 차창을 두드렸다. 오직 푸르른 들판과 나는 듯이 스쳐 지나가는 전신주와 전선 위에 앉은 새들만이 보였다.

나댜는 기쁨으로 숨이 벅찼다. 자유를 찾아 공부를 하러 떠나는 자신의 모습이 마치 옛날 '카자크 군인이 되기 위해 떠난다.'는 말과 같아 보였다.

그녀는 웃고 울며 기도했다.

"괜찮아! 문제없어!"

사샤가 이를 드러내고 환히 웃으며 말했다.

6

가을이 지나고 겨울도 지나갔다. 나댜는 고향이 그리워지기 시작했다. 어머니와 할머니가 그리웠다. 심지어 사샤도 그리웠다. 집에서 오는 편지는 정겹고 따뜻했으며, 이제는 다들 그녀를 용서한 것 같았다.

5월에 시험이 끝나자 나댜는 건강하고 활기찬 모습으로 집을 향해 떠났다. 그녀는 사샤를 만나기 위해 도중에 모스크바에 들렀다.

그는 작년과 똑같은 모습 그대로였다. 길게 기른 수염에다 헝클어진 머리칼, 프록코트와 무명 바지, 커다랗고 아름다운 눈동자가 여전했다. 그러나 어딘가 병색이 짙었고, 몹시 피로해 보

였다. 그새 더 늙었을 뿐만 아니라 비쩍 마른 몸에 계속 기침을
해 댔다.

나댜의 눈에는 그가 그저 우울한 시골뜨기 같았다.

"오, 나댜가 왔군! 사랑스러운 나댜!"

그는 명랑하게 웃으며 그녀를 반겼다.

두 사람은 담배 연기가 가득 차고 잉크와 페인트 냄새로 숨 막
히는 석판 인쇄소에 한참 앉아 있다가 사샤의 방으로 자리를 옮
겼다. 거기도 담배 연기가 자욱하기는 마찬가지였다. 게다가
사방에 침이 뱉어져 있었다. 다 식어 버린 주전자 옆에는 검은
종이로 덮어 둔 깨진 접시가 놓여 있었다. 탁자와 마룻바닥에는
파리의 시체가 여기저기 뒹굴었다.

사샤가 안락한 생활은 꿈도 꾸지 못한 채 그저 아무렇게나 살
아가고 있다는 것을 한눈에 알아차릴 수 있었다. 만일 누가 사
샤에게 개인적인 행복이나 취미 생활에 대해 얘기한다 해도 그
는 아무것도 이해하지 못하고 그저 웃어넘기고 말 것 같았다.

"아무 일 없이 모든 것이 다 잘되었어요."

나댜는 빠르게 말을 이었다.

"어머니가 지난가을에 페테르부르크로 찾아오셔서 하시는
말씀이, 할머니는 이제 화를 내시지 않고 자주 내 방으로 가셔
서 벽에다 성호를 긋곤 하신대요."

사샤는 사뭇 명랑해 보였다. 하지만 간간이 기침을 하며 갈라

진 목소리로 말을 했다. 나댜는 그를 찬찬히 바라보았으나, 정말로 많이 아픈 것인지, 아니면 자기에게만 그렇게 보이는 것인지 알 수가 없었다.

"사샤, 몸은 괜찮아요?"

"괜찮아요, 불편하지만 그저 조금……."

나댜는 흥분하기 시작했다.

"어째서 치료를 받지 않는 거죠? 왜 자기 건강을 소중히 돌보지 않느냔 말예요? 나의 사랑스런 사샤……."

그녀는 눈물이 솟구쳤다. 그리고 웬일인지 안드레이 안드레이치와 꽃병, 벌거벗은 여인이 그려진 그림, 그리고 옛날처럼 생각되는 모든 일들이 하나하나 떠올랐다. 나댜가 울음을 터뜨린 것은 사샤가 더 이상 작년의 그토록 신선하고 지적이고 흥미있는 인간이 아니란 생각이 들었기 때문이었다.

"사샤, 당신은 지금 몹시 위중해요. 창백하고 야윈 당신을 낫게 하기 위해 무엇을 해 주어야 좋을지 모르겠어요. 당신을 돌봐 주고 싶어요! 나를 위해 당신이 얼마나 많은 일을 해 주었는지 모르실 거예요! 고마운 사샤, 당신은 지금 내게 가장 가깝고 소중한 사람이에요."

두 사람은 이야기를 한참 더 나눴다. 나댜가 페테르부르크에서 겨울을 난 지금, 사샤의 목소리와 미소, 그리고 그의 모습에서는 그 전과 다르게 낡고 오래된 느낌이 풍겼다. 오래전에 시들어 버린 채 무덤 속에 묻혀 있는 듯했다.

사샤가 말했다.

"나는 모레 볼가로 갑니다. 마유주(말의 젖을 발효시켜 만든 술.)를 마시려고요. 그게 마시고 싶습니다. 친구 부부와 같이 가는데, 그의 부인은 아주 훌륭한 사람이에요. 그녀에게도 공부하라고 설득하고 있는 중입니다. 삶을 바꾸게 하려고요."

그들은 이야기를 마치고 정거장으로 갔다. 사샤는 나댜에게 차와 사과를 사 주었다. 기차가 움직이자 그는 미소를 지으며 손수건을 흔들었다. 나댜는 그의 걸음걸이를 보고서 병이 꽤 깊어서 오래 살지 못하리라고 생각했다.

나댜는 정오쯤에 고향 마을에 도착했다. 역에서 마차를 타고 집으로 향하는 동안, 거리는 넓어 보였지만 집은 아주 조그맣고 나지막하게 보였다. 거리에 사람들이 없었다. 생강빛 외투를 입은 독일인 피아노 조율사를 한 명 만난 게 다였다. 집들은 모두 먼지로 뒤덮여 있었다.

할머니는 이제 아주 늙었지만 여전히 예전처럼 살이 찌고 못생긴 그대로였다. 나댜를 두 팔로 끌어안고는 어깨에 얼굴을 파묻고 오랫동안 울면서 떨어질 줄을 몰랐다. 니나 이바노브나도 많이 늙었다. 몸 전체가 마른 것 같았으나, 여전히 옷을 꽉 조이게 입었다. 손가락에도 여전히 다이아몬드가 반짝이고 있었다.

"귀여운 나댜! 내 귀여운 아가!"

그녀는 온몸을 떨면서 말했다.

두 사람은 마주 앉아서 말없이 울었다. 할머니와 어머니는 지나간 과거는 영원 되돌릴 수 없다고 생각하는 게 분명했다. 이제는 사회적 지위나 지난날의 명성이나 손님을 초대할 재력도 없었다.

마치 단란하고 평화로운 가정에 어느 날 밤 갑자기 경찰들이 들이닥쳐, 가장이 공금을 유용하고 위조 지폐를 만들었다는 사실이 밝혀진 것 같았다. 그렇게 되면 단란하고 평화로운 가정과는 영원히 결별할 수밖에!

나댜는 이층으로 올라가 옛날과 똑같은 침대, 희고 귀여운 커튼이 드리워진 창문, 그 너머로 쏟아지는 햇빛 아래서 밝고 소란스러운 정원을 보았다. 책상을 손으로 만져 보고 나서 의자에 앉아 잠시 생각에 잠겼다.

점심을 잘 먹고 나서 맛 좋고 기름진 크림을 넣은 차를 마셨다. 하지만 무엇인가 빠진 것처럼 방마다 텅 빈 느낌이 들었고, 천장은 한없이 낮아 보였다. 저녁이 되어 잠을 자려고 이불을 덮자 이처럼 따뜻하고 부드러운 침대에 누워 있다는 사실이 이상하게도 우스웠다.

니나 이바노브나가 방으로 들어와서 죄라도 지은 것마냥 수줍어하며 조심스럽게 몸을 움츠리고 앉았다.

"어떻니, 나댜? 너는 만족하니? 아주 행복해?"

"네, 만족해요, 어머니."

니나 이바노브나는 자리에서 일어나 창문을 바라보며 나댜를 위해 성호를 그었다.

"난 이렇게 신앙심이 두터워졌단다. 요즈음 철학을 공부하면서 자주 생각에 잠기곤 해……. 그래서 이젠 모든 것이 햇빛처럼 선명하게 보여. 무엇보다도 인생 전체가 프리즘을 통과하듯 다채롭게 지나간다고 생각해."

"그런데 어머니, 할머니 건강은 어떠세요?"

"괜찮으신 것 같아. 네가 사샤와 함께 떠난 뒤에 전보를 보냈을 때, 할머니는 그걸 읽자마자 쓰러지셔서 사흘 동안 꼼짝도 못 하고 누워 계셨어. 그 후에도 계속 기도를 하면서 우셨지. 하지만 지금은 괜찮아."

나댜는 자리에서 일어나 방 안을 한 바퀴 돌았다.

"똑 딱……. 똑 딱 똑 딱……."

야경꾼이 딱딱거리는 소리를 내었다.

"무엇보다 중요한 것은 인생 전부가 프리즘을 통과하듯 다채롭게 지나간다는 거야. 달리 말하면, 빛이 일곱 가지 색채로 분해되듯이 우리의 인생도 가장 간단한 요소로 쪼갠 다음에 각 요소별로 연구해야 한단 말이지."

나댜는 니나 이바노브나가 무슨 말을 더 했는지 알지 못했다.

곧장 잠이 들어 버렸기 때문이다.

어느새 5월이 지나가고 6월이 되었다. 나댜는 이제 집에서의
생활에 익숙해졌다. 할머니는 사모바르를 찾더니 깊은 한숨을
내쉬었다.

니나 이바노브나는 저녁마다 철학 이야기를 했다. 그녀는 예
전과 마찬가지로 이 집에 살면서 20코페이카짜리 한 장도 일일
이 할머니의 허락을 받고 써야 했다. 온 집 안에 파리가 들끓고
방 안 천장들도 점점 낮아지는 것처럼 보였다. 할머니와 이바노
브나는 안드레이 신부와 안드레이 안드레이치를 만나게 될까
봐 두려워서 밖에는 절대 나가지 않았다.

나댜는 정원과 거리를 거닐면서 이웃집들과 회색 담장을 바
라보곤 하였다. 그녀에게는 이 마을의 모든 것이, 이미 오래전
에 낡고 구식이 되어 오직 그 종말을, 아니면 무언가 젊고 신선
한 것의 시작을 기다리고 있는 것처럼 느껴졌다.

오, 그 새롭고 밝은 생활이 빨리 오기만 한다면 사람들은 자기
의 운명을 똑바로 바라보고 자신을 정당한 사람으로 인식하여
기쁘고 자유로워질 것이다! 그러한 생활은 조만간 올 것이다!

네 명의 하녀가 지하의 더러운 방 한 칸에서 살 수밖에 없었던
할머니의 집은 사라져 버리고, 모두가 이 집을 잊어버려 어느
누구도 기억하지 않는 그런 날이 오지 않을까? 나댜를 신경 쓰

이게 만드는 건 이웃집 아이들뿐이었다. 그녀가 정원을 거닐고 있으면 아이들은 담장을 두드리고 웃으면서 놀려 댔다.

"약혼녀다! 약혼녀야!"

사라토프에서 사샤가 보낸 편지가 왔다. 볼가 여행은 좋았지만, 사라토프에서 건강을 해쳐 말을 못 하고 이 주일가량 병원에 입원 중이라고 했다. 편지는 마치 춤추는 듯이 우스운 필체로 씌어 있었다.

그녀는 이것이 무엇을 의미하는지 깨달았다. 곧 확신에 찬 예감에 사로잡혔다. 그리고 사샤에 대한 예감과 생각이 그 전처럼 그녀를 걱정시키지 않는다는 것이 마음에 걸렸다.

나댜는 페테르부르크로 가서 열심히 살고 싶다는 생각만 들 뿐, 사샤와의 만남은 벌써 먼 과거처럼 아득하게 여겨졌다. 밤새도록 잠을 이루지 못하다가, 아침이 되어서야 창가에 앉아 밖에서 나는 소리에 귀를 기울였다.

그때 아래층에서 사람들의 목소리가 들려왔다. 흥분한 할머니가 무엇인가를 빠르게 물어보고 있었다. 그러곤 누군가가 울음을 터뜨렸다…….

나댜가 아래층으로 내려가 보니, 할머니가 방구석에 서서 기도를 하고 있었다. 얼굴은 눈물로 흠뻑 젖어 있었다. 탁자 위에는 전보가 한 장 놓여 있었다.

나댜는 할머니의 울음소리를 들으며 오랫동안 방 안을 서성이다가 전보를 집어 들었다. 어제 아침 사라토프에서 알렉산드르 티모페이치, 즉 사샤가 폐결핵으로 죽었다는 통지였다.

할머니와 어머니는 추도식을 부탁하기 위해 교회로 달려갔다. 나댜는 오랫동안 이 방 저 방을 돌아다니며 생각에 잠겼다. 사샤가 원했던 대로 그녀의 생활은 뒤바뀌었다. 이제 외롭게 남겨진 그녀는 이곳과 이질적인 존재가 되어, 여기 있는 모든 것이 부질없게 느껴졌다. 그녀로부터 떨어져 나가 불에 타듯 사라져, 그 재마저도 바람에 날아갔다는 것을 나댜는 명확히 깨달았다.

그녀는 사샤의 방으로 들어가 잠시 서 있었다.

'안녕, 그리운 사샤!'

그러다 속으로 이렇게 중얼거렸다.

순간 그녀 앞에 새롭고 광활하며 자유로운 삶이 나타났다. 아직 불분명하고 비밀에 싸인 그의 삶이 그녀의 마음을 사로잡았다. 나댜는 짐을 꾸리러 이층에 있는 자기 방으로 올라갔다.

다음 날 아침, 나댜는 가족들과 작별 인사를 한 뒤 경쾌한 마음으로 도시를 떠났다. 그리고 그것이 영원한 결별이었다.

흔들리는 인간 군상을 통해
삶과 시대를 그려 내다

강혜원 _ 전 서울 상암고등학교 국어 교사

인간의 다양한 얼굴에 대한 통찰

우리는 가끔 '인간이란 어떤 존재인가?'라는 물음을 던져 본다. 내가 좋아하던 친구가 어느 날 갑자기 이해할 수 없는 행동을 해서 나를 실망시킬 때, 인간으로서 도저히 용납할 수 없는 짓을 저지른 범죄자를 볼 때, 섬뜩하리만치 극명하게 다른 두 얼굴을 가진 드라마 주인공을 볼 때……

인간 존재에 대한 고민은 꼭 부정적인 상황에서만 벌어지는 것은 아니다. 극한 상황 속에서 위기를 극복해 나가는 사람의 강인한 의지를 마주하거나, 자기 자신도 배가 고프고 고통스러우면서도 다른 이를 위해 희생하는 사람을 볼 때도 우리는 인간이란 과연 어떤 존재인지 곰곰이 되짚어보게 된다.

아수라(위)와 야누스(아래)의 모습. 여러 개의 팔과 얼굴을 지닌 이 둘은 여러 모습을 동시에 지닌 우리 인간의 모습과 빼닮아 있다.

어쨌거나 인간은 매우 다양한 모습을 띠는 존재다. 어떨 땐 한없이 초라하고 추하지만, 또 어떨 땐 다른 이들에게 희망을 심어 주는 따뜻함을 보여 주기도 하니까. 그래서일까? 우리는 종종 이런 말을 한다.

"인간은 야누스의 얼굴을 가졌어."

"인간은 카멜레온 같아."

"인간은 악마와 천사의 중간인가 봐."

"인간은 아수라처럼 다양한 속성을 지니고 있어."

야누스는 그리스 로마 신화에서 출입문을 지키는 신이다. 처음과 변화, 과거와 미래, 전쟁과 평화의 경계를 두루 관장한다고 알려져 있다. 로물루스(전설상

2010년에 러시아에서 체호프를 기념하기 위해 발행한 우표. 우표마다 그의 작품 속 인물이 묘사되어 있다.

의 로마 건국자로, 군신 마르스와 알바 롱가의 왕녀 레아 실비아 사이에서 태어난 쌍둥이 가운데 큰아들.)가 로마를 세웠을 때부터 사람들이 숭배하기 시작했다고 추측한다.

카멜레온은 파충류의 한 종을 가리킨다. 환경이나 심리 상태에 따라 피부색을 바꾸는데, 양쪽 눈이 360도로 움직여 주위를 경계하거나 먹이를 찾는 데 유리하다고 한다.

아수라는 인도의 여러 신화에 등장하는 종족이다. 반은 사람이고 반은 짐승의 모습을 띤다고 전해지며, 여러 개의 팔과 얼굴을 가진 것으로 묘사된다.

이렇듯 인간은 한마디로 간단히 단정 지을 수 없는 존재이기에 자꾸만 여러 가지 질문을 품게 되는 것이다. 인간의 다양한 모습과 그 삶을 그려 내는 작가들이 던지는 가장 기본적인 물음 역시 '인간이란 어떤 존재인가?' 혹은 '어떤 삶을 살아가고 있는가?'이다. 위대한 작가란 그런 질문을 다각도로 던지며 삶의 다채로운 면모를 생생하게 그려 내는 이들이지 않을까?

러시아 작가 안톤 체호프의 단편집 《개를 데리고 다니는 여인》

은 일곱 편의 단편 소설을 싣고 있다. 그는 이 단편집을 비롯한 수많은 작품에서 인간에 관한 질문과 탐색을 정밀하게 담아내어 지금까지도 우리에게 대문호라는 칭송을 받는다. 그러면 그의 작품을 읽고 인간과 사회를 다양한 관점으로 통찰해 보는 건 어떨까? 그러기 위해서는 먼저 당대 러시아 사회를 살펴보는 것이 좋을 듯하다.

19세기 후반, 격동의 시기와 맞물린 러시아 문학의 황금기

체호프가 살았던 시기는 바야흐로 러시아의 격동기였다. 러시아의 차르(황제) 체제를 굳건하게 지탱해 오던 전제 정치와 농노제가 급격한 변화 속에서 무너질 위기에 놓이게 되는데…….

19세기 초, 러시아는 북극해에서 발트해까지 드넓은 영토를 지닌 대제국이었다. 다양한 민족으로 구성되어 있어서 유난히 분열이 잦은 편이었다. 체제를 유지하기 위해 반대 세력을 시베리아 형무소로 보내는 등 강경한 전제주의 통치를 시행했다. 그러나 밀물처럼 들이닥친 근대의 물결은 러시아의 사회 개혁을 촉구했고, 급기야 황제들은 근대화 및 서구화 정책을 펴면서 새로운 활로를 찾기 시작했다.

체호프가 태어나고 그다음 해인 1861년에는 농노 해방령이 발표되면서 개혁의 물꼬가 트였다. 또 인텔리겐치아라 불리는 지식인의 수가 점점 불어나면서 유럽의 다양한 사상이 유입되어 사회적 논쟁이 활발하게 일어났다.

1870년대에는 민중 속으로 파고들어 그들을 계몽시켜야 한다

보리스 쿠스토디에프가 그린 농노 해방령 선포 당시의 모습. 이 해방령으로 농노에서 벗어난 이들이 공장으로 모여들면서 러시아에 자본주의가 자리잡기 시작한다.

는 브나로드 운동이 펼쳐지기도 했다. 농민과 노동자들의 권리에 대한 요구도 훨씬 더 강력해졌다. 러시아 제국을 무너뜨린 러시아 혁명의 싹이 사회 곳곳으로 퍼져 나가고 있었기 때문이다.

격동과 혼돈의 시기에 러시아 문학은 황금기를 이루었다. 19세기 초에는 푸시킨이, 그 뒤에는 투르게네프가 변화하는 러시아의 시대상을 고스란히 작품 속에 담아냈다. 그 후 고골 등이 러시아 사회를 날카롭게 비판했으며, 톨스토이와 도스토옙스키 같은 작가들이 나타나 새로운 인간의 모습을 그리며 그 안에 담긴 심리를 탐색했다.

체호프 작품에는 영웅이 없다

이 책에 실려 있는 일곱 편의 단편 소설에는 저마다 다양한 직

업과 성격을 가진 인물들이 등장한다. 작품별로 주요 인물들을
살펴보도록 하자.

- 〈카멜레온〉의 오추멜로프 경감 : 합리적인 판단을 하기보다
는 요리조리 말을 바꾸며 권력에 아부하는 인물이다.
- 〈우수〉의 이오나 : 가난한 마부로, 아들을 잃고 슬픔에 잠겨
있지만 자신의 마음을 털어놓을 대상이 없다.
- 〈사랑에 대하여〉의 알료힌 : 빚이 많아 다람쥐 쳇바퀴 돌 듯
일하며 살아가는 몰락 지주이다. 한 여인을 사랑하지만 속수무
책으로 이별하게 된다.
- 〈사랑스러운 여인〉의 올렌카 : 동정심이 많고 감정이 풍부한
여인으로, 누군가를 사랑함으로써 삶의 의미를 찾아 나간다.
- 〈개를 데리고 다니는 여인〉의 구로프 : 아내 몰래 바람을 피우
며 거짓된 삶을 사는 은행원으로, 안나라는 여인을 만나 진정한
사랑에 눈뜬다.
- 〈다락방이 있는 집〉의 나 : 하릴없이 시골 마을에서 하루하루
를 보내는 화가로, 무엇보다 예술과 종교의 가치를 중요하게 여
긴다.
- 〈약혼녀〉의 나댜 : 여느 여인들처럼 적당한 남자를 골라 약혼
하고서 결혼을 며칠 앞두고 있다. 그러다 지식 청년 사샤의 영
향을 받아 결혼을 거부하고 자신의 길을 주체적으로 개척해 나
간다.

체호프의 작품에는 권력에 아부하는 사람을 비롯해서 힘없고
초라한 사람, 끊임없이 고뇌하는 사람, 거짓된 삶을 살아온 사람,
현실적인 문제를 고민하는 사람, 사회의 모순을 관찰하는 사람

체호프가 그린 '사할린섬'의 생생한 현장

1890년, 체호프는 러시아의 교도소 제도를 조사하기 위해 사할린섬을 방문했다. 그곳은 러시아 정부가 추방한 죄수들이 모여 강제 노역을 하는 유형지였다. 모스크바에서 사할린섬까지 가려면 시베리아 횡단 열차를 타고 일주일 넘게 달린 다음, 사할린섬에서 가까운 역에 내려 배를 타고 가야 했다.

그런데 체호프가 사할린섬에 갈 당시에는 시베리아 횡단 열차가 아직 완성되지 않았다. 기차는 모스크바에서 우랄산맥 부근까지만 운행했다. 체호프는 1890년 4월, 모스크바에서 출발한 뒤 기차와 증기선, 마차, 거룻배 등을 타고 두 달하고도 보름 만에 섬에 도착했다. 12,000km의 여정이었다. 돌아올 때는 배를 타고 코르사코프에서 출발한 다음, 블라디보스토크와 홍콩, 인도양, 수에즈 운하, 흑해의 오데사 항을 거쳐 12월 8일에야 모스크바에 도착했다.

그가 쓴 〈사할린섬〉은 그 당시 유형수와 토착민의 삶을 생생하게 증언한다. 그때 사할린은 버려진 자들, 즉 유형수들의 섬이라는 인식이 강했다. 그곳에 거주하는 이들은 대부분 농민이었는데, 체호프는 무시받은 채 잊혀 가던 그들의 삶을 매우 사실적으로 기록했다.

그곳에서 다시마 채취 사업을 하는 노동자들 중에 러시아인 외에도 중국인과 한국인이 있었다는 내용이 담겨 있는데, 이는 사할린에 살던 한국인에 관한 최초의 기록이라고 할 수 있다. 사할린의 거주민을 두 눈으로 마주하고 온 체호프는 사회적 약자의 처지에 대해 깊이 고민했으며, 이후 출간된 그의 단편 소설과 희곡들에 그 고민을 고스란히 녹여 내었다.

체호프가 떠났던 사할린섬 여행 경로. 폐결핵을 앓던 체호프에게 12,000km에 달하는 거리의 여행은 큰 결심이 필요했다.

어린 시절의 안톤 체호프와 그의 동생 니콜라이 체호프.

등 다양한 인물이 등장한다.

대부분 우리 주변에서도 흔히 볼 수 있는 사람들이다. 그들은 완벽하지 않은 존재이며, 때로는 평균 이하의 존재이기도 하다. 위의 등장인물 중 그나마 행동력 있는 사람은 〈약혼녀〉의 나댜 정도이다.

이렇게 체호프의 작품에 등장하는 인물들은 한없이 나약해서 작은 힘에도 쉽사리 흔들린다. 한마디로 그의 작품에는 영웅이 없다. 온갖 역경을 이겨내고 용감하게 행동하는 투사도 보이지 않고, 내로라할 만큼의 장점을 갖춘 완벽한 인간을 찾기도 힘들다. 그래서 체호프의 작품을 읽은 독자들은 등장인물들의 나약함을 비판하면서도 마음 한켠에서는 연민을 느끼고 공감을 하는 것이리라.

체호프 문학의 결정적 키워드 네 가지

체호프 문학 세계에 담겨 있는 키워드를 몇 가지 찾아보자. 작품을 읽는 사람에 따라 조금씩 다르게 느끼겠지만, 일관된 흐름을 몇 가지 발견할 수 있다.

세태 풍자의 대가

첫 번째 키워드는 '풍자'이다. 그의 작품 곳곳에 인간의 허위의

식이나 세태의 경박함에 대한 날카로운 풍자가 담겨 있다. 첫 번째로 나오는 〈카멜레온〉을 먼저 살펴볼까?

개가 흐류킨이라는 사람의 손가락을 물어 상처를 입힌다. 그는 오추멜로프 경감에게 개 주인으로부터 손해 배상을 받을 수 있게 해 달라고 요청한다. 오추멜로프 경감은 개 주인에게 벌금을 물리고 개를 당장 없애겠다고 답한다. 하지만 누군가가 흐류킨을 문 개가 지갈로프 장군님 댁 개라고 하자, 오추멜로프 경감은 곧장 태도를 바꾸어 흐류킨을 비난한다.

그러다 곧 순경이 지갈로프 장군님은 이런 개를 기르지 않는

〈카멜레온〉에 비견되는 〈꺼삐딴 리〉

체호프에게 〈카멜레온〉이라는 작품이 있다면, 우리 문학사에는 〈꺼삐딴 리〉가 있다. 1962년에 발표된 전광용의 〈꺼삐딴 리〉는 일제 강점기부터 해방, 소련군 치하, 미군정 시기를 거치면서 그 시대의 권력자들에게 아부하며 변절에 변절을 거듭한 의사 이인국의 모습이 담겨 있다.

이 소설은 카멜레온처럼 변신에 능한 인물을 비판하는 동시에, 그런 인물을 만들어 낸 시대 역시 비판한다. 주인공인 이인국은 기회주의자의 전형으로, 권세에 따라 이곳저곳에 붙어 다닌다.

이인국이 일제 강점기 당시 집안에서도 일본어를 써 표창을 받아온 집안이 무슨 큰 경사나 난 것처럼 기뻐 했다는 것이나, 소련군의 수용소에서는 생명의 열쇠나 되는 듯이 러시아어 교본을 거의 암송하다시피 했다는 것, 한국 전쟁 후에는 미국인에게 고려청자를

전광용이 1962년에 발표한 〈꺼삐딴 리〉. 〈꺼삐딴 리〉의 이인국 박사는 〈카멜레온〉의 오추멜로프 경감과 닮아 있다.

바치면서도 자책감은 고사하고 하찮게 여길까 걱정하는 것 등 정상적인 사고를 가진 사람들이 본다면 한없이 웃음이 터져 나온다. 이렇게 인물이나 상황을 우스꽝스럽고 익살스럽게 그려 내고 날카롭게 비판하는 표현 방식을 '풍자'라고 부른다.

고려대학교의 교호. 교호는 각종 행사나 교우회에서 외치는 구호를 말한다. 입실렌티, 체이홉, 카시코시 코시코, 칼마시 등 네 명의 위인이 고려대학교에 깃들어 있다는 뜻인데, 여기서 '체이홉'은 안톤 체호프를 가리킨다.

다고 하자, 다시 개를 욕하며 처치해 버리라고 명령한다. 하지만 곧이어 개가 지갈로프 장군 동생의 개라는 사실이 밝혀지는 순간, 오추멜로프 경감은 아무 일도 없었던 것으로 하자고 금방 말을 바꾼다.

힘을 지닌 사람 앞에서 꼼짝 못 하는 우스꽝스런 인물의 모습이다. 참으로 어처구니없는 인물이라는 생각이 들어서 저절로 웃게 되지만, 이는 결코 재미있어서 나오는 웃음이 아니다. 그만큼 그 안에 날카로운 비판이 담겨 있는 셈이다.

인물을 우스꽝스럽게 그려 내면서(희화화) 권력 앞에 나약하고 비겁한 인간의 실상을 폭로해 내고 있는 것이다. 이렇게 웃음으로 에두르면서 날카로운 비판을 담아내는 기법을 바로 '풍자'라고 한다.

고달프고 외로운 인간을 향한 연민과 우수

두 번째 키워드는 '연민' 또는 '우수'이다. 인간의 삶에 가득한 근심과 슬픔(우수)을 연민(불쌍하고 가련하게 여기다.)의 시선으로 바라보는 것이다.

체호프는 어렸을 때 아버지의 파산을 겪고 혼자 힘으로 공부했다. 어린 나이에 가족의 생계를 떠안으면서 곤궁함을 뼈저리게 느꼈다. 게다가 그의 삶에서 분수령으로 평가되는 사할린섬을 여행하면서 가난으로 신음하는 사람들의 모습을 숱하게 보았다. 또 의사로서는 질병의 고통을 겪는 사람들을 수없이 보았을 것이다. 심지어 그 자신도 결핵으로 오랜 세월 동안 투병 생활을 했다.

아예 제목부터 〈우수〉인 작품도 있다. 이 작품의 주인공은 얼마 전에 아들을 잃은 마부 이오나이다. 그는 자기 마차를 타는 손님들에게 자기의 사연을 이야기하고 싶어 한다. 말하지 않고는 그 슬픔을 견딜 수 없기 때문이다.

그러나 아무도 그의 말에 귀 기울이지 않는다. 오히려 그를 구박하고 함부로 대한다. 결국 이오나는 자신의 슬픔을 말에게 털어놓는다. 외롭고 슬픈 그의 처지는 마부이기에, 즉 하층민이기에 더 극명하게 드러난다고 할 수 있다.

그는 또다시 혼자가 되었고, 다시 침묵이 찾아왔다. 잠시 가라앉았던 슬픔이 다시금 솟아나며 커다란 힘으로 가슴을 짓눌렀다. 이오나의 불안하고 고통스러운 눈길은 거리를 바쁘게 뛰어다니는 군중들을 하염없이 좇았다. 이 수천 명의 사람 중에서 그의 이야기를 들어 줄 사람이 단 한 명도 없단 말인가!

1904년에 모스크바에서 거행된 안톤 체호프의 장례식. 그날 그의 장례식에는 톨스토이를 비롯해 수많은 작가와 군중이 모여들어 인산인해를 이루었다.

사랑, 그 안에 도사린 비밀

세 번째 키워드는 '사랑'이다. 그는 삶과 사랑의 진실이 무엇인지 늘 탐구했다. 〈사랑스러운 여인〉에서 올렌카는 누군가를 줄곧 사랑했으며, 누구든 사랑하지 않고선 살 수가 없었다.

체호프는 〈사랑스러운 여인〉 외에도 여러 편의 작품에서 사랑에 관한 단상을 보여 주었다. 사랑의 복잡한 감정이 가장 잘 드러난 작품으로 〈개를 데리고 다니는 여인〉을 들 수 있다.

얄타 해변에 개를 데리고 다니는 여인이 나타난다. 집을 떠나 여행 중인 은행원 구로프는 하얀 스피츠를 데리고 다니는 그 여인에게 관심을 보인다. 그는 오만하고 권위적이며 편협한 자기 아내가 너무나 싫어, 자신의 삶이 몹시 답답하고 무료하다고 느낀다. 그리하여 여자들과 가볍게 바람 피우는 것을 탈출구로 삼는다.

구로프는 개를 데리고 다니는 여인과 우연히 마주친다. 그녀의 이름은 안나이며, 결혼 후 이 년째 S시에 살고 있다. 그녀는 남편이 일하는 곳이 어디인지 설명하지 못할 정도로 그저 무덤덤한 관계로 지내고 있다. 그 지루함을 달래기 위해 한 달간 얄타로 여행을 온 것이다. 두 사람은 날마다 만남을 가지며 감정을 키워 간다.

그러다 얼마 뒤, 안나는 남편이 눈병에 걸렸으니 빨리 돌아오라는 편지를 받고 집으로 돌아간다. 구로프는 두 사람의 만남이 그저 그런 추억이었다고 여기며, 자기도 모스크바로 돌아갈 때가 되었다고 생각한다.

그러나 안나를 향한 그리움은 시간이 갈수록 점점 더 커져 간다. 결국엔 안나를 만나기 위해 S시로 떠난다. 그곳에서 안나 역시 구로프를 생각하며 살아가고 있다는 사실을 확인한다. 며칠

얄타 해변에서 스피츠를 데리고 다니는 여인들

〈개를 데리고 다니는 여인〉에서 안나 세르게예브나는 하얀색 스피츠를 데리고 다닌다. 스피츠는 귀가 쫑긋하고 털이 하얗고 멋스러운 자태를 지닌 품종이다. 금발에 베레모를 쓴 예쁜 여인이 멋진 개를 끌고 바닷가를 거니는 모습을 상상해 보면 마치 한 폭의 그림 같지 않을까?

이 작품이 발표된 1899년 당시에 체호프는 미혼이었는데, 그도 작품 속의 구로프처럼 여러 여자들과 가벼운 만남을 이어 갔다. 그래서 이 작품이 발표되자 많은 여자들이 바로 자신이 '개를 데리고 다니는 여인'이라고 주장했을 뿐 아니라, 얄타에는 하얀 스피츠를 데리고 바닷가를 산책하는 여성들이 늘어났다고 한다.

얄타는 러시아와 우크라이나의 분쟁지인 크림반도 남부에 있는 해안 도시이다. 19세기에 러시아 귀족들과 상류층 사이에서 휴양 도시로 널리 알려졌으며, 체호프는 1899년부터 1902년까지 이곳에 살았다. 톨스토이도 이곳에 여름 별장을 갖고 있었다고 한다.

19세기 말 얄타 해변의 모습. ⓒ Library of congress

뒤 안나가 모스크바로 구로프를 찾아온다. 그 뒤로 두 사람의 오랜 만남이 이어진다.

그를 만난 어느 날, 안나는 그들의 삶이 슬프게 흘러 버렸다는 사실에 서글픔을 느끼며 눈물을 흘린다. 구로프 역시 자신이 늙어 가고 있다는 것, 이 사랑이 결코 끝나지 않을 거라는 것, 이제야 진실한 사랑을 만났다는 사실에 회한을 느낀다.

해결책을 찾고자 하는 두 사람……. 그들은 앞으로 새롭고 멋진 생활이 시작될 수도 있겠지만, 아주 복잡하고 어려운 일이 시작될 수도 있다는 생각을 한다.

'결혼한 사람들이 바람을 피우는 불륜 이야기잖아! 에이, 지저분해.'

이렇게 생각하며 책장을 덮는다면, 이 작품은 그저 통속적인 연애담에 불과하다. 그러나 시선을 조금만 돌려 보자. 자신들의 지루한 삶 속에서 위안거리로 생각했던 사람이 진실한 사랑을 자각하고, 거짓되고 떳떳하지 못한 삶에 회한을 느낀 나머지 서로의 사랑을 지킬 수 있는 길을 모색한다. 어떤 면에서는 우리가 늘 과제처럼 여기는 '진실한 삶과 사랑의 추구'로 바라보아야 하는 건 아닐는지…….

그 같은 문제의식과 함께 이 작품의 결말을 눈여겨보자. 이 작품은 '열린 결말'을 보이고 있다. 열린 결말이란, 작가가 결말을 분명하게 매듭짓지 않고 독자나 관객 등의 상상에 따라 다양한 결말을 예측할 수 있게 하는 기법이다.

작가의 표현대로 '어떻게?'라고 물으며 자신들의 길을 찾고자 하는 두 사람이 멋진 새

ПАЛАТА № 6.

РАЗСКАЗЪ

Ант. П. Чехова.

ИЗДАНІЕ ВТОРОЕ.

XVI

МОСКВА.

체호프의 단편 소설 〈제6호 병동〉. 소련의 사회주의자이자 정치인인 블라디미르 레닌은 체호프의 〈제6호 병동〉을 읽고 충격을 받아 혁명가가 되었다고 밝혔다.

출발을 할 수도 있지만, 사회의 풍속과 여러 상황들 때문에 예상치 못한 시련을 겪을 수도 있다. 어쩌면 아예 좌절해 버릴지도 모른다.

우리는 그 끝을 알 수가 없다. 그저 상상할 뿐이다. 누군가는 이런 생각을 하게 될 것 같다.

'인생이란 게 그런 거구나. 깨달음이 있지만 적절한 길을 찾기는 너무 힘들지.'

이 책에 실린 사랑 이야기들은 대부분 명확한 해답을 보여 주지 않는다. 안타깝고 서글픈 사랑의 단면을 내보이며 독자에게 물음을 던질 뿐이다.

새로운 세계를 향한 갈망

또 다른 키워드로 '새로운 미래'를 들 수 있다. 그의 작품들을 들여다보면, 과거의 허위를 폭로하고 새로운 삶을 지향하는 인물들이 주로 그려진다.

〈개를 데리고 다니는 여인〉은 사랑을 주제로 삼고 있지만, 주인공들은 만남과 사랑을 기점으로 새롭게 삶을 바라본다. 이전의 삶이 허위와 경박함이었다면, 미래의 삶은 자신들의 운명을 똑바로 바라보며 진실하게 꾸려 가야 한다는 갈망이 담겨 있다.

〈약혼녀〉에서도 무의미한 과거의 삶과 결별하고 새로운 삶을 모색하는 모습이 그려지고 있다. 나댜는 결혼을 한 달여 앞둔 여성이다. 약혼자 안드레이는 잘생기고, 바이올린을 켜는 예술가이다. 지식 청년 사샤는 나댜 앞에서 '일하지 않는 삶', 즉 '무익하고 무위도식하는 삶'을 끊임없이 비판한다.

결국 나댜는 자신이 지금까지 이런 무의미한 삶 속에 살았다는 사실을 자각하고 집을 떠난다. 페테르부르크로 가서 일 년 동

안톤 체호프의 4대 희곡

체호프는 단편 소설뿐만 아니라 희곡 작품도 여럿 발표했다. 그중 〈갈매기〉, 〈바냐 아저씨〉, 〈세 자매〉, 〈벚꽃 동산〉이 가장 대표적이며, 발표된 지 100년이 지난 지금까지도 활발하게 공연되고 있다.

갈매기(1896)

첫 공연에서 혹평을 들었던 이 작품은 이 년 뒤의 공연에서 큰 찬사를 받았다. 4막으로 구성된 이 작품은 다양한 인물들의 비극적인 사랑과 좌절해 가는 꿈을 이야기한다.

1898년에 모스크바 예술 극장에서 공연된 〈갈매기〉의 한 장면.

작가가 되려는 트레플레프는 배우를 꿈꾸는 니나를 사랑한다. 그러나 니나는 유명 극작가 트리고린을 동경한다. 마침내 그의 연인이 되지만, 이내 버림받고 삼류 배우로 전락한다.

나중에 니나와 다시 만난 트레플레프는 자기 사랑을 받아 달라고 호소하지만, 이미 몸과 마음이 지쳐 버린 니나는 그의 사랑을 거절한다. 결국 트레플레프는 스스로 목숨을 끊는다.

여기서 갈매기는 애정의 삼각관계와 꿈과 현실 사이에서 좌절하는 등장인물들을 상징한다. 무엇인가를 찾아 날아오르는 갈매기가 총에 맞아 박제가 되어 버리는 것처럼, 등장인물들은 사랑과 욕망과 꿈을 위해 자기만의 방식으로 분투하지만 끝내 비극적인 결말로 치닫는다.

〈바냐 아저씨〉 공연 포스터.

바냐 아저씨(1899)

'전원생활의 정경'이란 부제가 붙은 이 희곡 작품은 1897년에 발표되었으며, 1899년에 모스크바 예술극장에서 공연되었다.

주인공 바냐는 죽은 누이동생의 딸 소냐와 함께 매부 세레브랴코프의 영지를 지키며 살고 있다. 그러던 어느 날, 매부가 교수직에서 퇴직한 뒤 후처 엘레나를 데리고 영지로 돌아온다. 이후 여러 사건을 겪은 바냐는 매부가 사실은 어리석은 속물이라는 사실을 깨닫고는 그에게 몹시 실망한다.

그가 영지로 돌아온 이유가 땅을 팔고 도시로 떠나기 위함임을 알게 되자 절망과 분노에 빠진 나머지, 그에게 총을 쏘아 쫓아낸다. 그 후 바냐와 소냐는 다시 이전과 같은 평온한 전원생활로 돌아간다.
체호프는 바냐와 소냐를 통해 삶의 시련과 고달픔이 우리를 끊임없이 괴롭혀 무너뜨린다 해도 다시금
일어나 계속 살아가야 한다고 강조한다.

세 자매(1901)

〈세 자매〉는 4막으로 구성되어 있으며, 아버지의 죽음 이후 시골에 남
은 아들 안드레이와 그의 누이 올가, 마샤, 이리나의 삶을 그리고 있다.
교수가 꿈이었지만 시 의회에서 서기로 근무하고 있으며, 도박에 빠져
집을 저당잡힌 안드레이, 교사로 일하며 가족에게 어머니 역할을 하는
올가, 남편을 못마땅해하며 베르시닌이라는 장교와 외도를 하지만 결
국 애인에게 버려지는 마샤, 사랑하는 투젠바흐와 모스크바로 떠나기
로 했지만 투젠바흐가 솔로늬와 결투 끝에 죽어 홀로 모스크바로 향하
는 이리나 등등.
이 작품은 엇갈린 사랑과 꿈의 좌절, 현실에 대한 환멸 등 당시 러시아
지식인들의 모습을 암울한 분위기로 그려 낸다. 하지만 결말에 이르러
가족을 다독이는 올가의 말, "살아가야 한다. 그래도 살아가야 한다."는
체호프가 작품 속에서 끝내 놓치지 않는 한 줄기 희망을 보여 준다.

1901년에 발간된 〈세 자매〉의 초
판본 표지.

벚꽃 동산(1904)

체호프가 마지막으로 남긴 작품이다. 그는 이 작품이 공연되고 육 개월 뒤 세상을 떠났다.
라네브스카야 부인의 경영 실패와 사치로 인해 가문 대대로 내려온 벚꽃 동산이 경매에 넘어간다. 집안
의 농노였지만, 이제는 성공한 사업가가 된 로파힌은 영지를 일부라도
지킬 방법을 제안한다. 하지만 귀족적 사고를 버리지 못한 라네브스카
야와 그녀의 오빠 가예프는 그의 조언을 듣지 않는다. 오히려 로파힌을
무시하는 발언도 서슴지 않는다. 결국 그들은 영지를 모두 잃고 뿔뿔이
흩어진다.
영지인 벚꽃 동산이 팔릴 위기에 처한 사건을 바탕으로 여러 인물들의
사랑과 경제 문제, 과거의 이야기 등이 복잡하게 얽혀 전개된다. 벚꽃
동산은 등장인물들에게 다양한 상징적 의미를 지닌다. 어떤 인물에겐
아름답던 과거의 추억으로, 또 다른 인물에겐 억압의 상징으로, 누군가
에겐 투자의 대상이 되기도 한다. "이 러시아 전체가 우리의 동산이야."
라는 말처럼 격동의 러시아의 상황을 상징하기도 한다.

〈벚꽃 동산〉 공연 포스터.

안 공부를 하고 고향을 방문한 나댜. 이웃 사람들이 '약혼녀'라고 수군거리고 자기를 이끌어 주었던 사샤도 병으로 죽지만, 그녀는 새롭고 밝은 삶에 대한 희망을 품는다.

그녀에게는 이 마을의 모든 것이, 이미 오래전에 낡고 구식이 되어 오직 그 종말을, 아니면 무언가 젊고 신선한 것의 시작을 기다리고 있는 것처럼 느껴졌다.

오, 그 새롭고 밝은 생활이 빨리 오기만 한다면 사람들은 자기의 운명을 똑바로 바라보고 자신을 정당한 사람으로 인식하여 기쁘고 자유로워질 것이다! 그러한 생활은 조만간 올 것이다!

네 명의 하녀가 지하의 더러운 방 한 칸에서 살 수밖에 없었던 할머니의 집은 사라져 버리고, 모두가 이 집을 잊어버려 어느 누구도 기억하지 않는 그런 날이 오지 않을까?

나댜의 마음속 중얼거림은 낡은 러시아 사회를 향한 체호프의 비판이기도 하며, 허위를 넘어 진실한 삶을 추구해야 한다는 갈망의 목소리이기도 하다.

당대 사회를 입체적으로 담아내다

체호프는 당대 사회를 비판적으로 그리며 그 당시 사람들의 애환을 담았다. 또한 인생에 활기를 불어넣는 사랑과 새로운 희망을 갈구했다. 그는 이런 생각들을 복합적으로 형상화해 사랑과 인생과 그 사회를 입체적으로 그려 내었다.

〈다락방이 있는 집〉에는 러시아 사회에서 지식인들의 다양한

체호프의 '총'과 히치콕의 '맥거핀'

극작가이기도 했던 체호프는 "1장에서 총을 소개했다면 2장이나 3장에서는 반드시 총을 쏴야 한다."고 말하며 '체호프의 총'이라는 이론을 만들어 냈다.

'체호프의 총'은 극에 등장하여 관객들에게 소개된 것들은 반드시 극에 필요한 요소여야 한다는 이론이다. 각각의 요소는 극 안에서 분명한 역할을 갖고 기능해야 하며, 그 요소는 단순한 소품이 될 수도 있고 등장인물에 관한 설정이 될 수도 있다.

체호프는 이야기와 직접적인 관계가 없는 것들은 무자비하게 버려야 한다고 말했는데, 이는 복선 회수에 관한 이론이라고도 할 수 있다.

이와 대조적인 이론이 있는데, 바로 영화감독 앨프리드 히치콕의 '맥거핀' 이론이다. '맥거핀'은 줄거리와 등장인물들의 동기에 필

영화감독 앨프리드 히치콕. 서스펜스 영화의 거장이며, 역사상 가장 위대한 영화감독 중 한 명으로 꼽힌다.

요하지만 그 자체로 중요하지 않거나 관련이 없는 물체, 장치 또는 사건을 말한다. 말하자면 중요하지 않은 대상을 중요한 것처럼 꾸며 관객의 주의를 끄는 것이다. '맥거핀'이 된 대상은 이야기가 끝날 쯤에는 관객들에게 아예 잊히기도 한다.

히치콕은 〈사이코〉, 〈새〉 등 서스펜스 영화로 인기를 끌었다. 섬세하고 사실적이며 인간 심리를 파헤친 스릴러 영화로도 유명하다.

삶의 모습과 러시아를 바라보는 작가의 시선, 사랑의 안타까움 등이 두루 담겨 있다.

화가인 '나'는 T 지방에서 벨로쿠로프라는 젊은 지주의 소유지에서 지내다가 홀어머니와 사는 자매를 만난다. 언니 리디야는 교육과 의료 등을 통해 농민들을 돕고 그들을 위해 봉사해야 한다고 생각한다. '나'는 종교와 과학과 예술을 통해 지고한 가치를 찾는 것이 더 중요하다고 주장하면서 리디야와 자주 논쟁을

벌인다.

리디야의 동생 제냐는 예술을 사랑하고 감수성이 풍부한 소녀이다. '나'는 그녀에게 사랑을 고백하지만, 그다음 날 제냐가 어머니와 함께 멀리 떠났다는 것을 알게 된다.

제냐의 편지에는 "언니의 반대를 거스를 수 없었다."라고 쓰여 있다. '나'는 점차 흐릿해져 가는 추억 속에서 언젠가는 제냐를 만날 수 있을 거라는 막연한 희망을 품는다.

화가인 '나', 지주 벨로쿠로프, 교사 리디야의 모습은 당대 지식인 또는 상류 계급의 모습을 반영한다. 벨로쿠로프는 무위도식하며 무기력한 지주의 모습이다. 하는 일이라곤 마을을 산책하고 맥주를 마시면서 사람들에게 공감받지 못하는 자신을 한탄하는 일뿐이다.

화가인 '나'는 하는 일 없이 빈둥거리는 운명을 타고난 까닭에 지루하고 무료한 삶을 살고 있다. 종교나 과학, 예술 같은 정신적 활동의 가치를 중요시 여긴다.

리디야는 실천적 지식인이다. 마을 일에 적극 참여하지 않는 벨로쿠로프를 나무라기도 하고, 생각이 다른 '나'와 걸핏하면 논쟁을 벌이기도 한다. 이웃에게 봉사하는 일이 가장 신성한 일이며, 교육이나 의료 등을 통해 민중들을 깨우쳐야 한다고 끊임없이 주장한다.

'나'는 언뜻 리디야와 대립하고 있는 듯 보이지만 그녀를 존경받는 여성으로, 활기차고 성실한 신념의 여성으로 표현하고 있다.

리디야를 포함한 세 명의 여성도 눈여겨볼 만하다. 리디야는 어머니와 동생의 존경을 받고, 어머니와 제냐는 서로 애틋해하며, 리디야는 그들을 지키고 돌보는 듯 보인다. 한때는 아름다웠

우리나라에서 처음 공연된 체호프의 작품, 〈벚꽃 동산〉

체호프의 작품은 우리나라에서 언제 처음 공연되었을까? 최초의 공연 작품은 〈벚꽃 동산〉이다. 1930년에 이화여자고등보통학교(현재 이화여자고등학교) 교실에서 홍해성의 연출로 공연되었다. 당시 공연명은 〈벚꽃 동산〉의 한자 표기인 〈앵화원〉이었다. 이후 1934년 12월 7일에서 8일까지 극예술연구회가 경성공회당에서 이 작품을 공연하기도 했다. 이는 극예술연구회 창립 3주년 및 체호프 서거 30주년 기념 공연이었다고 한다.

홍해성(1893~1957). 일제 강점기에 〈모란 등기〉, 〈벚꽃 동산〉, 〈검찰관〉 등을 연출한 연출가. 1920년에 김우진·조명희 등과 극예술협회를 조직했다. 우리나라 근대극 발전에 기여했다고 평가받는다. ⓒ 한국민족문화대백과사전

2013년에는 가톨릭청년회관 다리소극장에서 〈앵화원〉을 무대에 올렸다. 1930년에 〈벚꽃 동산〉을 최초로 공연한 역사적 사건을 모티브로 했는데, 줄거리는 대강 이렇다.

폐쇄된 낡은 극장을 청소부인 노인과 한 청년이 남아 지키고 있다. 여기에 홍해성, 김우진, 윤심덕이 극장을 대관하려고 찾아온다. 하지만 극장이 곧 철거될 거란 소식을 듣고 낙담한다. 그들은 체호프의 〈벚꽃 동산〉을 번역하여 한국 최초로 무대에 올리려 준비하고 있다.

이름하여 〈앵화원〉. 노인은 어차피 철거될 극장이니 다음 날까지 사용하라고 허락해 주고, 곧 〈앵화원〉 공연을 연습하게 된다. 어느새 노인과 청년도 이 공연에 참여하게 된다. 이 공연은 일제 강점기 시절에 국민 의식을 고취하는 등 연극이 지닌 기능적 가치가 얼마나 위대했는지 보여 주려고 지난날의 역사를 소환해 기획하게 되었다고 한다.

2023년에도 국립극단이 명동예술극장에서 김광보의 연출로 5월 4일부터 29일까지 이 작품을 공연했다.

으나 지금은 병을 달고 사는 어머니에게서 과거 러시아의 모습이 보인다. 진보적이며 행동적인 큰딸 리디야는 러시아의 새로운 모습이며, 늘 영원한 것과 지고의 것을 추구하는 따뜻한 감성의 제냐는 시대의 격변 속에서도 따뜻한 모국인 러시아이다.

유리 조각처럼 달빛을 반사하다

"달이 빛난다고 말해 주지 말고 깨진 유리 조각에 반짝이는 한 줄기 빛을 보여 주어라."

체호프가 창작에 관해서 한 유명한 말이다. 이 말의 의미를 이해하기 위해 예를 하나 들어 볼까? 아동 학대를 당하는 아이의 상황을 보고, 세 명의 작가가 그 현실을 전해 준다고 가정해 보자.

- 첫 번째 작가 : 아동 학대를 당하는 아이가 있어. 아동 학대는 정신적 학대, 신체적 학대, 방치하고 방임하는 것 등이 모두 포함돼. 아이의 몸과 마음을 파괴하는 끔찍한 폭력이야. 아동 학대를 없애기 위해 우리 모두 나서야 해.
- 두 번째 작가 : 아이의 부모는 아파서 우는 아이를 때리고, 며칠씩 음식도 안 준 채 내버려 두었어. 빈집에 아이를 두고 며칠씩 어딘가 다녀오기도 하더라고.
- 세 번째 작가 : 아이는 내가 가까이 가자 두 손으로 자기 몸을 가리며 피하더군. 두려움에 가득한 표정이었지. 아이의 몸에는 여기저기 푸른 멍 자국이 있었고, 오랫동안 굶어서 살갗으로 뼈가 뚫고 나오듯 앙상했어. 내가 빈집에서 그 아이를 봤을 때, 그 옆에는 음식이 담겨 있었던 듯한 빈 그릇이 있었어.

첫 번째 작가는 어떤 상황에 대해 자기의 주장을 직접 드러내고 있다. 두 번째 작가는 그 상황을 우리에게 보여 주듯 전달하고 있지만, 현실을 바탕으로 재구성한 세계가 아니다. 날것 그대로의 현실이다.

세 번째 작가는 현실을 생생하게 보여 준다. 아동 학대의 현실과 문제점을 주절주절 이야기하지 않지만, 아동 학대의 상황을 객관적으로 이야기하면서 그 심각성을 드러낸다. 체호프의 글쓰기는 세 번째 작가의 글과 닮아 있다.

사진이나 동영상을 떠올려 보자. 어떤 사건이나 경치, 경험 등을 사진이나 영상에 담아낼 때 그것은 현실을 있는 그대로 찍는다. 하지만 어느 순간을 포착하고, 어디에 초점을 맞추며 어떤 각도에서 찍느냐에 따라 결과물이 달라진다. 현실을 그대로 보여주지만 정확히는 재구성된 현실을 드러내는 것이다.

체호프는 객관주의 문학론을 주장했다. 현실을 있는 그대로 객관적으로 보여 주는 문학 기법이다. 당시 체호프에 대해 '주제 의식을 제대로 드러내지 않는 작가'라는 비판이 있었다. 많은 작가들이 작품을 통해 러시아 사회를 변화시켜야 한다든가, 도덕성을 회복해야 한다든가 하는 자기주장을 강조했다.

모스크바 예술 극장 배우들 사이의 체호프. 가운데에서 안경을 쓰고 책을 들고 있는 남자가 체호프다.

체호프가 태어난 타간로크(위)와 그가 생활했던 멜리호보(아래).

그러나 체호프는 작품 속에 자기주장을 토해 내지 않았다. 분명 그는 자기 조국을 사랑했고, 작가로서의 사명감을 가졌으며, 의사로서 봉사 정신까지 갖추었다. 당시의 러시아 사회에 살고 있는 다양한 인간 군상을 그 누구보다 생생하게 그려 내었다.

무기력한 지식인이나, 비정한 사회 속에서 고통스럽게 살아가는 하층민이나, 일그러진 사랑에 괴로워하는 사람들이나 다 그 당시 사회를 고스란히 반영하고 있다. 러시아 사회가 달빛이라면 체호프가 그려 낸 인물들은 유리 조각처럼 달빛을 반사하여 보여 준 셈이다.

장막극처럼 다채롭게 펼쳐진 체호프의 삶

안톤 체호프는 1860년에 태어나 1904년에 세상을 떠났다. 44년이란 그의 생애는 짧다면 짧은 삶이었다. 그의 고향은 흑해 연안의 항구 도시 타간로크로, 우크라이나 접경 지대이다.

할아버지는 원래 농노였는데, 지주에게 돈을 주고 해방되었다. 아버지는 식료품 등을 파는 상인이었으나, 체호프가 열여섯 살이던 무렵에 파산하여 모스크바로 이주했다. 그 바람에 체호프는 삼 년 정도 고학을 해서 중등 학교 공부를 마무리했다.

그는 1879년에 모스크바 대학교 의학부에 입학했다. 의학 공부를 하면서 가족을 뒷바라지하기 위해 단편 소설을 기고하기 시작했다. 1884년에 의사가 된 후에도 작품 활동을 병행했는데, 1886년 한 해에만 116편의 작품을 쓸 만큼 다작을 했다.

그는 작품을 통해 사회상을 사실적으로 그려 내는 객관주의적 문학론을 주장했으며, 세태를 풍자하고 삶의 표면 뒤에 감춰진 인간의 슬픔을 드러내는 작품들을 주로 썼다.

그는 1890년에 건강이 좋지 못한 상태에서 사할린으로 떠나는데, 이는 그의 문학 세계에서 큰 전환점을 이루었다. 사실 여행이라기보다는 사할린 감옥의 실태 조사가 더 큰 목적이었다.

그 당시 기차도 다니지 않는 사할린으로 가는 길은 그에게 매우 힘겨운 여정이었고 커다란 모험이었다. 다행히 사할린에서 돌아온 후에 발표한 〈사할린섬〉이 큰 반향을 불러일으켰다.

사할린 여행으로 더 건강이 악화된 그는 아버지와 형이 앓다가 죽은 폐결핵으로 자주 몸져누웠다.

1892년에는 모스크바에서 남쪽으로 50마일쯤 떨어진 멜리호보라는 마을로 주거지를 옮겨 창작 활동을 계속했다. 이때 그의 대표작인 〈갈매기〉, 〈바냐 아저씨〉 등 많은 희곡과 단편들이 탄생했다.

체호프와 아내 올가.

체호프와 톨스토이의 만남

체호프는 러시아 문학의 거장 톨스토이와 문학적으로 교감하는 동시에 개인적인 친분을 나누었다. 체호프보다 나이가 서른 살 넘게 많은 톨스토이는 그를 무척 아꼈을 뿐 아니라 작품에도 큰 찬사를 보냈다. 심지어 그를 세계 최고의 이야기꾼이라 일컫기도 했는데, 〈사랑스러운 여인〉 같은 작품은 여러 번 반복해 읽고 감탄했다고 전해진다.

체호프는 사할린으로 떠나기 전까지는 무저항주의와 비폭력주의를 표방하는 톨스토이주의에 크게 공감하고 많은 영향을 받았다. 하지만 사할린을 여행하면서 죄수들의 비참한 삶을 목격한 뒤 톨스토이의 철학에 회의를 느끼고 그 사상적 영향에서 벗어나기 시작했다.

그 후 체호프는 〈신시대〉라는 신문의 사장 수보린에게 보낸 편지에 "나는 두 번 다시 톨스토이주의자가 되지 않겠다"고 적어 보냈다고 한다.

체호프와 톨스토이.

그럼에도 불구하고, 톨스토이는 체호프가 얄타에서 휴양하고 있을 때 여러 번 문병을 갔으며, 모스크바에서 열린 체호프의 장례식에도 참석했다.

그는 창작 활동과 더불어 사회적 참여에도 힘을 기울였다. 1892년 6월에 콜레라가 창궐하자 톨스토이 등과 함께 구호 활동을 벌였다. 의사로서 봉사했을 뿐 아니라, 헐벗은 아이들을 적극적으로 도왔으며, 학교를 세우는 데도 큰 힘을 기울였다.

1899년에 병세가 깊어지자 크림반도의 얄타 교외로 이주했다. 요양 중에도 〈세 자매〉, 〈벚꽃 동산〉 등 희곡 작품을 연이어 발표했다. 이 시절 고리키 등의 작가들과 교류했으며, 톨스토이가 직접 병문안을 오기도 했다. 이때 〈개를 데리고 다니는 여인〉 등의 소설 작품을 썼으며, 1901년에 자신의 작품에 나온 올가 크니페르와 결혼을 했다.

1904년에 그는 폐결핵이 악화되어 독일의 휴양 도시 바덴바텐에서 숨을 거두었다. 이후 냉동 열차로 고국에 돌아와 묻혔다.

비록 의사이자 작가였으나 살아가는 내내 형편이 넉넉지 않았던 체호프는 하층민들의 힘겨운 삶을 뼛속 깊이 이해했다. 비록 질병으로 일찍 세상을 떠났지만, 사회 활동과 작품을 통해 작가로서 사회적 책무를 충실히 보여 주었다.

격동의 19세기 후반의 러시아 사회를 작품 속에 사실적으로 그려 내어, 오늘날에도 연극 무대와 책 속에서 끊임없이 사람들의 마음을 흔들고 있다.

노보데비치 수도원에 있는 체호프의 무덤. 노보데비치 수도원 묘지에는 러시아 문화에 기여한 많은 예술가들이 묻혀 있다.

푸 른 숲
징 검 다 리
클 래 식
0 4 1

개를 데리고 다니는 여인

첫판 1쇄 펴낸날 2023년 8월 14일

지은이 안톤 체호프 **옮긴이** 박형규
펴낸이 김혜경 **편집인** 김수진
주니어 본부장 박창희
편집 강정윤 조승현
디자인 전윤정 김혜은
마케팅 최창호 임선주
경영지원국 안정숙
회계 임옥희 양여진 김주연

펴낸곳 (주) 도서출판 푸른숲
출판등록 2003년 12월 17일 제2003-000032호
주소 경기도 파주시 심학산로 10, 우편번호 10881
전화 031) 955-9010 **팩스** 031) 955-9009
인스타그램 @psoopjr **이메일** psoopjr@prunsoop.co.kr
홈페이지 www.prunsoop.co.kr

ⓒ푸른숲주니어, 2023
ISBN 979-11-5675-379-7 44890
      978-89-7184-464-9 (세트)